キワさんのたまご

宇佐美牧子・作　藤原ヒロコ・絵

ポプラ社

キワさんのたまご

もくじ

1 つまらない夏休み、スタート！

「ひまだな」

ベランダの手すりにもたれながらぼくがつぶやくと、チリーンと、だれかの家の風鈴《ふうりん》がこたえた。

夏休み初日《しょにち》、午前中に学校のプールへいったけれど、友だちは合宿《がっしゅく》や塾《じゅく》でだれもいなかった。

「……サッカー、入ればよかったかな」

「サトシもいっしょにやろうぜ」と、親友の颯《そう》太《た》に何度《なんど》もさそわれた。団地《だんち》のとなりの部屋《へや》に住む颯太は、きょうからサッカーチームに入っ

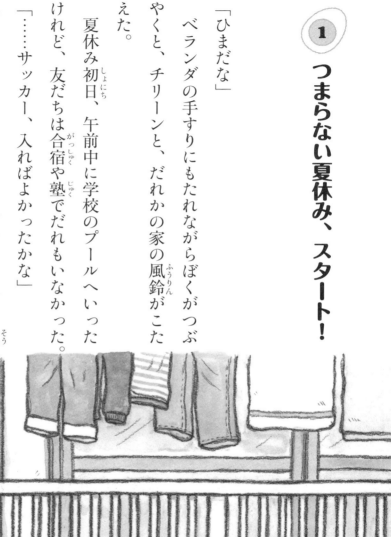

た。

でも、なんとなくちがう気がしたんだ。サッカーは好《す》きだけど、颯太《そうた》ほど夢中《むちゅう》になれないような……。

おかげで、きょねんまで夏休みは毎日颯太と遊《あそ》んでいたぼくは、急《きゅう》にひまになった。

五階《かい》のベランダのむこうには、土手が広がっている。その手前を、ゴーッと電車が走りぬけていく。左手に見える立花駅《たちばなえき》から、川上にある河原町《かわらまち》へ。電車は、夕日をあびてオレンジ色にそまっていた。

ガチャガチャッという音が、しずかな家の中にひびいた。

「サトシ、ただいまー」

「あっ、母さん、おかえり！」

げんかんへむかうぼくは、小走りになっていた。

母さんから、保冷《ほれい》バッグをうけとる。バッグのわきには、〈弁当屋《べんとうや》アサヒ〉と紺色《こんいろ》の文字が入っている。

うち、甘楽家《かんらけ》は、立花駅前商店街《たちばなえきまえしょうてんがい》で弁当屋をしている。

店をしめて父さんが帰ってくるのは八時すぎだし、母さんの帰りもいつも七時なので、夕方に一度《ど》、ぼくの夕飯《ゆうはん》のお弁当をとどけてくれる。いそがしい日はそのまま店へもどるけれど、時間があるときはいっしょに食べていく。

ぼくはバッグをリビングへ運《はこ》び、テーブルの上へのせた。

「きょうは暑《あつ》かったから、プール気もちよかったでしょ」

くつ箱《ばこ》の上においてあったプールカードを見たらしい。母さんが、リビングへ入ってきながらいった。

「ああ、まあね」

ひとりで潜水《せんすい》をして、さっさと帰ってきたことはだまっておいた。

「夏はプールよね。母さんも毎日通ったな」

「へえ、じゃあ、皆勤賞《かいきんしょう》だね」

ぼくと颯太《そうた》は、一年生のときから三年連続《れんぞく》皆勤賞だ。

ふふっと母さんがわらう。

「あのころは、みんな皆勤賞だったんじゃないかしら」

「えっ、そんなにみんなきてたの!?」

「いまみたいに、習《なら》いごととかなかったからね」

いいな、そしたらプールも楽しかったのに。

そう思った。でも、麦茶をひとくち飲《の》んでふーっといすにすわる母さんを見ると、いうのはやめた。

「さっ、夕飯《ゆうはん》にしましょ」

母さんが、ふたつのお弁当箱《べんとうばこ》をテーブルにならべ、ふたをあける。

ポテトサラダに春巻《はるま》き、たまご焼《や》きまで入っている。赤、緑《みどり》、茶色、黄色と、色のバランスもいい。

「おいしそう。お弁当は、やっぱりいろどりが大事《だいじ》だね」

母さんは、よくそういった。でもきょうは、

「それだけじゃないのよ。その日にぴったりのおかずなら、いろどりは少々悪《わる》くてもいいの」

にこっとわらって、なにか思いだすように窓《まど》の外を見た。

「母さんが高校の試験《しけん》をうける日ね、お父さんが、えっと、サトシのおじいちゃんが作ってくれたお弁当には、ごはんとサケしか入っていなかったのよ。でもサケは、その日にぴったりだったの」

おじいちゃんが作ったお弁当？

弁当屋
アサヒ

「そっか、おばあちゃんはもういなかったんだもんね」

母さんのお母さん、つまりぼくのおばあちゃんは、母さんが十歳《さい》のときに病気《びょうき》で亡《な》くなった。

それから、母さんはずっと料理《りょうり》をしてきた。弁当屋《べんとうや》をやりたいという夢《ゆめ》も、そうしているうちに決《き》まったそうだ。

「『サケは生まれた場所《ばしょ》へもどる。おまえもがんばれ』って、手紙がいっしょに入ってて。母さんが試験《しけん》をうけた学校は、うまれた病院《びょういん》のとなりだったから。ねっ、すてきなお弁当でしょ」

見ひらかれた母さんの目は、キラキラとかがやいている。うれしそうで楽しそうな顔。

弁当の話をするとき、母さんも父さんも、こんなとくべつな顔になる。

でもぼくは、その顔を見ると、すきま風がぬけていくみたいに胸《むね》がすーすーする。

「……ふーん」

母さん、おじいちゃんがお弁当《べんとう》にこめた思いには気づいたんだ。いまのぼくの気もちには、ちっとも気づいてないのにな。

ぼくは、はしへのばしかけていた手をすっとまるめた。

2 まぼろしのたまご

つぎの日も、しかたなくプールへいった。やっぱり友だちはいなくて、ぶらぶら団地《だんち》の前まで帰ってきたら、シャーッと自転車《じてんしゃ》が近づいてきた。

「よっ、プールの帰り？」

「颯太《そうた》！　サッカーしてきたんだね」

自転車のかごに、サッカーボールが入っている。

「あしたから合宿《がっしゅく》だぜ。三日間、ばっちり練習《れんしゅう》してくるよ。おくれをとりもどさなくっちゃ」

最後《さいご》のことばに力がこもっていた。

颯太は、前からサッカーチームに入りたがっていた。でも入部《にゅうぶ》すると、親にも手伝《てつだ》いの当番がある。颯太の妹の佳菜《かな》はぜんそくもちなので、グ

ラウンドの砂《すな》ぼこりをすうとよくないからとずっと反対《はんたい》されていて、ようやく入部《にゅうぶ》できたのだ。

「この夏は、サッカーに燃《も》えまくるんだ」

颯太《そうた》がにかっとわらう。

いい顔してるな。

明るい日ざしをはねかえす顔は、いつになくかがやいていて、まぶしくて、思わず目をふせた。

「この夏かあ」

ぼくは、口の中で、ころりとことばをころがした。


朝、トイレにいきたくて目がさめた。まくらもとの時計は、まだ五時半だった。

半分目をとじたままトイレへいくとちゅう、リビングから物音《ものおと》がした。

あれ？

そっとびらをあけたら、

「おっ、サトシ！」

父さんがおどろいた声をあげた。

よく見ると、もうちゃんと着《き》がえている。

「どっかいくの？」

きょうは店の定休日《ていきゅうび》だ。母さんは新作弁当《べんとう》の試作《しさく》をするといっていたけれど、父さんはでかけるつもりらしい。

「ああ、河原町《かわらまち》の農家《のうか》さんで、野菜《やさい》を見せてもらうんだよ」

「えっ、今度《こんど》はつれてってって、たのんだじゃん」

ぼくはすぐに口をとがらせた。

「あれ？　だけどこの前さそったら、颯太君《そうたくん》と遊《あそ》ぶからって、いかなかったじゃないか」

「それは、夏休み前の話でしょ！」

夏休みに入ってから、ぼくはプール以外《いがい》どこへもでかけていなかった。

「なら、サトシもいくか？」

「うん！」

大急《おおいそ》ぎで着《き》がえると、父さんの車にのりこんだ。

土手沿《ぞ》いの道を、川上へとひた走る。

「あれが風間山《かざまやま》だ。風間山の近くの家なんだ」

橋《はし》をわたり、風間山の山すそへ近づくと、一度右へ曲《ま》がった。それからしばらくいって、「ここかな」と、父さんは木の塀《へい》にかこまれた大きな家の門のわきで車をとめた。

門の中は、庭《にわ》というより広場のようだった。目の前の平屋《ひらや》の家も、右手にある農機具小屋《のうきぐごや》や左手の白かべの蔵《くら》も、全部《ぜんぶ》がどーんと大きい。

「おはようございまーす」

家のほうへ父さんが声をかけると、

「おはようさん」

つばの広い麦わらぼうしをかぶり、首にタオルをまいたおじさんがでてきた。

「朝からすみません」

父さんがぺこぺこ頭を下げる。

「甘楽《かんら》さんのやる気に、うかうかしてられねえって、せがれはもう畑《はたけ》へでてますよ」

あははっと、おじさんはわらった。

うら庭《にわ》の先には、学校の校庭ぐらいありそうな畑が広がっていた。

太陽《たいよう》の光をあびた野菜《やさい》たちを、父さんは目をかがやかせながら楽しそうに見てまわり、庭《にわ》へもどるとおじさんと野菜の話をはじめた。

ぼくは、ふらりと表《おもて》の通りへでた。塀《へい》は、門の両側《りょうがわ》からかなり遠くまでつづいている。

「広いなあ」

そうつぶやいたとき、わかい男の人が自転車《じてんしゃ》にのって帰ってきた。首にタオルをまき、長ぐつをはいている。きっと、おじさんの息子《むすこ》さんだ。

「広いだろ」

ぼくが塀を見わたしているのを見ていたらしい。

「ここ、全部《ぜんぶ》、お兄さんちですか？」

「いや、親せきが集《あつ》まってるんだ。となりはおやじの弟家族《かぞく》の家《いえ》、そのむこうは、親せきのばあちゃんがひとりで住《す》んでる」

「そっか、だから畑《はたけ》もあんなに広いんですね」

ぼくがうなずくと、お兄さんはちょっと首をふった。

「畑《はたけ》は、うちととなりのおじさん家族《かぞく》でやってて、ばあちゃんは、もうちょこっとしかでてこないよ。ひとりでニワトリをやってるけど、それも細々《ほそぼそ》だしね」

「ニワトリ？」

「ああ、養鶏《ようけい》。えっと、たまごをとるほう。数は少ないけど、おいしいんだ。黄身《きみ》がしっかりしてて、もったりあまくて濃厚《のうこう》でさ。ばあちゃんは勝手《かって》に、まぼろしのたまごなんてよんでるよ」

たまごを思いうかべたらしく、お兄さんがうっとりと目を細める。

もったりあまい味《あじ》を想像《そうぞう》すると、思わずほおっと息《いき》がもれた。

それが口の中いっぱいに広がったら……きっと最高《さいこう》だろうな。

「それ、どこで売ってるんですか？」

そうきくと、お兄さんはうーんとうなった。

「数が少ないから、お得意《とくい》さんにしかゆずってないんだよ。オレも、たまにしかありつけなくてさ。『ひとつくらいくれよ』なんていった日には、ほうきではたきだされたからな。『気軽《きがる》にいうんじゃないよ』って、ばあちゃんすげえこええんだ」

ぶるるっと体をふるわせてから、あははっとわらう。

「そうですか……」

ぼくは肩《かた》をよせると、口の中にむだにわきだしたつばをじゅっと飲《の》みこんだ。

帰りの車で、父さんはごきげんだった。

「冬になったらハクサイを分けてもらえそうだぞ。思い切ってあたってみてよかったよ。この夏は、野菜《やさい》さがしに力を入れるつもりなんだ」

父さんの目には、夏のまぶしい光が映《うつ》りこんでいる。いつにもまして、キラキラしたいい顔だ。

たまらず、すっと前へむき直る。

野菜《やさい》さがしが、父さんのこの夏の目標《もくひょう》ってわけか。颯太《そうた》はサッカーに燃《も》えるっていってたし、みんな「この夏」の目標があるんだな。

ぼくは、「この夏」なにをしよう？

橋《はし》をわたりおえ、車は土手の上の道へ出た。

遠のいていく風間山《かざまやま》は、まぶしいくらい緑色《みどりいろ》にかがやいている。

ふと、お兄さんの話を思いだした。

……まぼろしのたまごはどうだろう？

そうだ、「この夏」、ぼくはまぼろしのたまごを手に入れよう！

目の前が、ぱっと明るくなった気がした。

3 美人《びじん》なニワトリ

大きな門の前で、キュッと自転車《じてんしゃ》のブレーキをかけると、T《ティー》シャツのそででひたいの汗《あせ》をぬぐった。

「思ったより遠かったな」

またすぐに、大つぶの汗がふきだしてくる。

つぎの日、ぼくは、まぼろしのたまごのおばあさんの家へひとりでやってきた。

ちゃんとたどりつけるか心配《しんぱい》で、どうしようかとだいぶまよったけれど、ひとりで家にいるのにたえられなくなって、お昼ご飯《はん》を食べると自転車にまたがった。

車ならほんの十五分くらいの距離《きょり》に、自転車だと一時間以上《いじょう》かかった。

「ぶじにつけてよかった」

自転車《じてんしゃ》をおりてほっとひと息《いき》ついて、ゆっくり左右を見回した。

門の中は、正面《しょうめん》に平屋《ひらや》の家、右手に農機具小屋《のうきぐごや》、左手はとなりの家のほうまで畑《はたけ》が広がっている。

そしてたしかに、どこからかコッコッとニワトリの声がきこえてくる。

「うん、ここでまちがいない」

だいじょうぶとひとつうなずいて、どきどきする胸《むね》に手をあてると、ぼくはすーっと息をすいこんだ。

「すみませーん」

「……」

家の窓《まど》はどれもあいている。

「こんにちはー」

もっと大きな声をだすと、

「はい、こんにちはあ」

ぬっと、横《よこ》から顔がよってきた。

「わっ」と飛《と》びのいてふりかえったら、おばあさんが立っていた。ちょっとでかけていて、もどってきたところらしい。

頭にまいた手ぬぐいの下からのぞく目は、ぎらんと光っている。

お兄さんの話し通り、なんだかこわそうだ。

「ぼ、ぼく、甘楽《かんら》サトシです」

「かん、ら？」

「はい、きのう、となりのとなりの

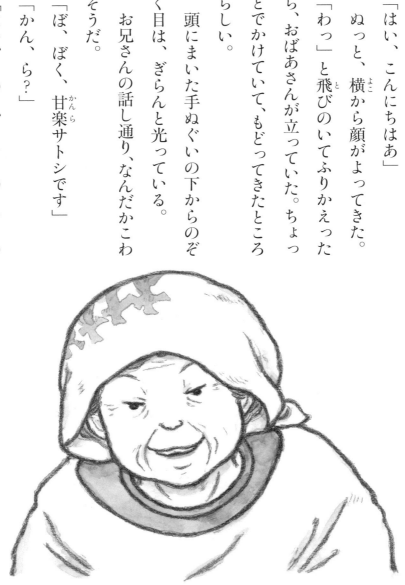

家に父さんと野菜《やさい》を見せてもらいにきて。あの、うち、弁当屋《べんとうや》で」

おばあさんのするどい目を見ると、ときどきことばがつかえてしまう。

それでも、

「ここのまぼろしのたまごがおいしいってきいて、あの、たまごをわけてほしいんです」

なんとかそういいきった。

「ほお、弁当屋ねえ。家族《かぞく》でやってるのかい？」

おばあさんは目をぱちぱちさせた。

「はい」とうなずくと、

「じゃあ、大変《たいへん》だねえ」

ぼくがひとりでここへきたことを確認《かくにん》するように、あたりを見回す。

「べつに……」

ぼくは足もとへ視線《しせん》を落《お》とした。

ここへくるとちゅう、遠まわりをしてアサヒの前を通った。だけど父さんたちはお客《きゃく》さんとわらいながら話をしていて、ぼくには気づかなかった。

「いえ、べつに、大変《たいへん》って感じじゃないです。ふたりとも楽しそうだから……」

「あっ、いや、あんたが大変かと思ったんだけどねえ」

「えっ？」

顔をあげたら、おばあさんはぼくの頭の先から足もとまでじろじろっとながめた。最後《さいご》に顔はなめるように見て、ちょっと考えてからいった。

「たまごをゆずる先は、もう決《き》まっていてね。弁当屋《べんとうや》で使《つか》うほどは無理《むり》だよ」

「あっ、いいんです、一こでも。お店は関係《かんけい》なくて、ぼくが食べたいんです」

ぼくは急《いそ》いでこたえた。
「ああ」とうなずいたおばあさんの声は、少し軽《かる》くなったようだ。
わけてもらえるかも！
心の中で期待《きたい》した。
だけど、「けどねえ」と、おばあさんは今度《こんど》、もったいぶるようにつぶやいている。
「そこをなんとか。あの、なんでもしますから」
せっかくここまできたんだもん。
もうひとおしとばかりに、一歩前へ出る。
おばあさんはようやく、「じゃあ」といってくれた。
「手伝《てつだ》ってもらおうかね。まあ、入りな」
やったー！　手伝えば、まぼろしのたまごをくれるってことだよね。
ぼくはほっとして、おばあさんのあとに続《つづ》いた。

おばあさんは畑《はたけ》のところで立ちどまると、ぼくにかごをわたした。

「きょうは腰《こし》がいたくてね」

そういいながらちょっとしゃがんで雑草《ざっそう》をぬき、その中へ入れる。

「かごがいっぱいになったら、よんどくれ」

それから、さっさと家へ入ってしまった。

生あたたかい風が、もわっと畑の野菜《やさい》をゆらした。

「草とりしろってことか」

よーし、まぼろしのたまごのためだ。

ぼくはトマトのうねのあいだへ入った。ぽつぽつと草がのびあがっている。

草へ手をのばすと、虫が地面《じめん》をはっているのに気がついた。

……気もち悪《わる》いな。

なるべく草の先をつまんでひっぱる。

「おっと!」

草は思いがけずかんたんにちぎれて、どんと、うしろにしりもちをつく。

「あーあ」

立ちあがっておしりの土をはらうと、つーっと汗《あせ》が流《なが》れた。

どうにかかごがいっぱいになったころ、

「おお、ご苦労《くろう》ご苦労」

おばあさんは、腰《こし》をとんとんたたきながらもどってきた。それから、「つぎはこっちだよ」と、げんかんのほうへむきをかえた。

「えっ……つぎ？」

げんかんは土間《どま》になっていて、あがりかまちにナスの入ったプラスチックケースがおいてあった。

「これをふくろづめしとくれ。そうだね、五本ずつかな」

おばあさんが、ひょいひょいとナスをふくろへ入れていく。

まだ手伝《てつだ》うの⁉

思わずそういいたくなった。

けど、なんでもするっていっちゃったしな。

ぐっとことばをのみこんで、ぼくはナスをつかんだ。それをふくろへ入れようとしたら、うっかりゆかへ落《お》としてしまった。

「ていねいにやっとくれ」

すかさず声がとんでくる。

「は、はい」

きゅっと肩《かた》をよせ、今度《こんど》はしんちょうにふくろへつめていく。ビニールごしに、むらさき色の衣《ころも》がキラリと光る。

……母さんの指輪《ゆびわ》と同じ色だ。

おばあちゃんの形見の指輪には、こんなむらさき色の石がついていた。

「おばあちゃんがいたら、きっと、サトシのことかわいがってくれたわよ」

指輪を見るたびに、母さんはそういった。

そのせいもあって、おばあさんってみんなやさしいと思っていた。

でも、このおばあさんはちがうかも……。

上目《うわめ》づかいに、ちらりと見る。

するとおばあさんも、ちらりとこちらを見た。

ぼくは、また急《いそ》いで手を動《うご》かしだした。

ようやくナスが片《かた》づいて、今度はなにを手伝《てつだ》わされるかとびくびくし

ていたら、

「じゃあ、ニワトリ小屋《ごや》へいってみるかね」

ひょうしぬけするくらいあっさりと、家のうらへ案内《あんない》された。

ついにまぼろしのたまごだ！

はずむように進《すす》んでいくと、目の前がばっとひらけた。

「すごっ……」

にぎやかな声がいっきによせてくる。

五十羽《わ》くらいはいるだろう。屋根《やね》のついたニワトリ小屋と、その続《つづ》きの平地《へいち》がぐるりと金網《かなあみ》のフェンスでかこわれていて、その中をニワトリたちがかけまわっていた。

そうだ、まぼろしのたまご！

ぼくは、急《いそ》いでニワトリたちの足もとへ目をこらした。だけど、はねたり羽《はね》を広げたり、みんなひっきりなしに動《うご》くので、たまごは全然《ぜんぜん》見つからない。

すると、おばあさんがいった。

「たまごはさっき集《あつ》めたよ」

それから「ほれっ」と、家のほうを指《ゆび》さした。

窓《まど》が全開《ぜんかい》の部屋《へや》に、たまごを入れるパックが積《つ》まれていた。そのむこうには、大きな冷蔵庫《れいぞうこ》もある。あそこにたまごがしまってあるらしい。

そっか、もうここにたまごはないのか。

ふーっと息《いき》をはきだして、ぼくはもう一度《ど》ニワトリ小屋《ごや》を見わたした。

屋根《やね》がついた小屋の中に、くつ箱《ばこ》みたいな箱《はこ》がならんでいた。その中で休んでいるニワトリも何羽《わ》かいる。だけどたいていは、茶色い羽《はね》をいそがしくばたつかせ、走りまわっている。

追《お》いかけっこしているやつ、ダンスをしているようなやつ……。

「なんかみんな、楽しそう」

そうつぶやくと、おばあさんがこっちをふりむいた。

「そうさ。うちのニワトリは楽しくくらしてる。だから、おいしいたまごをうむんだよ」

そして、にっとわらってつけくわえた。

「まぼろしのたまごを使《つか》えば、どんな料理《りょうり》もおいしくなる。うちじゃ、たまご焼《や》きが定番《ていばん》だけどね」

まぼろしのたまごで作った、まぼろしのたまご焼きかあ。

想像《そうぞう》しただけで、口の中にじゅわっとよだれがあふれてくる。

それ、ぜったい食べたい！

「ちゃんと手伝《てつだ》いますから、おばあさん、まぼろしのたまごをよろしくお願《ねが》いします！」

「ああ」

おばあさんは、まかせとけって感《かん》じにうなずいて、「ただ」と神妙《しんみょう》な顔で続《つづ》けた。

「あたしたちを納得《なっとく》させるくらい手伝《てつだ》ったら、だよ」

「あたしたち？」

おばあさんと、だれだろう？

首をかしげるぼくににやりとわらうと、おばあさんは小屋《こや》のほうへふみだしかけた。そこで、「そうそう」と、もう一度《ど》こちらをふりむいた。

「あたしゃおばあさんじゃないよ、キワさんってよびな」

「はい！」

ぼくは大きな声で返事《へんじ》をした。

まず、小屋のまわりに立てかけてあったすだれを交換《こうかん》するのを手伝った。古くなったすだれからは、ぼろぼろとかすが落《お》ちてきた。

つぎに、小屋のフェンスにできたあなを針金《はりがね》でふさいでいく。フェンスが古くなってきて、ときどきあながあいてしまうそうだ。

「この前、ネコに一羽《わ》やられてね」

キワさんは眉間《みけん》にしわをよせると、小さなあなさえ見のがすまいとするように目をこらしていた。

針金《はりがね》は案外《あんがい》かたく、曲《ま》げようとしたら失敗《しっぱい》して、手にひっかききずができた。それでもなんとかやりおえると、「あとは小屋《こや》のそうじだよ」と、ほうきをわたされた。

ほうきをもったキワさんが、先に小屋へ入る。ぼくも、そっとつま先を小屋へ入れた。

ニワトリがつついてこないかな……。

みんなこちらを見ているようにも、見ていないようにも見える。

えーいと思い切ってもう一歩ふみこんで、小屋のとびらをしめた。

ぼくは、つま先立ちのままほうきを動《うご》かした。

ぶわっと砂《すな》ぼこりがまう。

とたん、コーッとニワトリがさけんだ。びっくりしてとびのいたら、べつのニワトリがココーッ。

小さな目が、いっせいにこちらをにらむ。ニワトリの目って、ぎょろっとしていてけっこうこわい。ぼくは、ほうきにしがみついた。

でもキワさんは、ぼくのピンチも気にせずもくもくとそうじをしている。ニワトリたちも、そのまわりを

平気《へいき》ではね回っている。

ぼくがほうきを動《うご》かすとさわぐくせに。

くちびるをつきだしてほうきの先を見下ろすと、足もとに一羽《わ》、ニワトリがいるのに気がついた。

ほかのより体が小さく、毛は赤っぽい。そいつは、ほうきを動かしても、なぜかぼくのそばをはなれようとしなかった。

ちょっとうれしいかも。

「そうだ、名前をつけてやろ」

キワさんがちりとりをとりにいくと、ニワトリの顔をのぞいた。

つやっとしたまるい目に、首はすっと長い。

「こいつきっと、ニワトリの中では美人《びじん》だな。美人なニワトリで……

ビーニ？　美人なトリで……ビート？　よし、ビートだ！」

ビートはひょこひょことびはねると、コケッと鳴いた。

「ご苦労《くろう》さんだったね」

キワさんにそういわれたときには、もう夕方になっていた。

「夏は、毎日いそがしくてねえ」

腰《こし》に手をあてて畑《はたけ》を見回しながら、キワさんは首をコキコキならして
いる。

さわわっと、トマトの苗《なえ》が風にゆれる。

なんだかちょっぴりさびしいような気分になった。

「いいなあ、いそがしくて……」

そうつぶやくと、キワさんはちらりとこちらを見たようだった。

井戸水《いどみず》で手をあらい、キワさんとならんで縁側《えんがわ》にすわった。

「おだちんだよ。食ってみい」

水をはったバケツからキワさんがとりだしたのは、キュウリだった。

あざやかな緑色《みどりいろ》をしている。

それをつかんだとたん、

「いたっ」

ぼくはあわてて手をはなした。

よく見ると、キュウリの表面《ひょうめん》には小さなつぶつぶがあり、それにさわるとちくっとする。

「これがあるからいたいんだ」

「気をつけて食ってみい」

キワさんはもう、シャクッといい音をさせている。

ぼくは、つぶつぶに気をつけてキュウリをつかみ、かぶりついた。

「んっ……」

コリッ。

しっかりとした歯《は》ごたえのあと、炭酸《たんさん》がシュワッとはじけるみたいに、キュウリの汁《しる》がぱっと口の中にちった。

シャクッ、シャクッとかみしめるたび、キュウリの中にぎゅっとつめこまれたみずみずしさがあふれだしてくる。

口を動《うご》かすことに集中《しゅうちゅう》していると、キワさんが満足《まんぞく》そうにわらいかけてきた。

「うちの野菜《やさい》は絶品《ぜっぴん》だろ。楽しく元気に育《そだ》てば、自然《しぜん》と味《あじ》もおいしくなる」

それから、ガラスコップに入れた生たまごをくいっと飲《の》みこんだ。

「きくね〜」

しわくちゃの顔を、ますますしわくちゃにする。

まぼろしのたまごは、やっぱりとくべつおいしそうだ。

「あの、ぼくにも……」

コップへ手をのばすと、ペチンとたたかれた。

「百年早い！　きょうのおだちんはキュウリだ。まぼろしのたまごをやるのは、まだまだ先だよ」

「えー……」

「またあした、まってるよ」

キワさんは、にっこりとわらった。

帰り道、自転車《じてんしゃ》のペダルをふみこむと、熱《あつ》い空気がさっとひらけた。土手の上の下り道のずっと先には、立花駅《たちばなえき》前に建《た》つのっぽなマンションが、細いかげになっていた。

「ひとりで、ずいぶん遠くまできたんだなあ」

声といっしょに、胸《むね》のおくからふっとひとつ息《いき》がぬけでてくる。

キワさんちのことは、ぼくだけのひみつにしよう。

そう思ったら、ちょっとわくっとした。

4 鼻歌《はなうた》

つぎの日、ぼくは、キワさんちに九時につくように出かけた。

「おっ、きたね。きょうもはりきってくよ！」

にこにこ顔のキワさんに、「まずは草とりだ」と、かごをわたされた。

きょうはナスのうねだ。

草の先をひっぱったところで、

「根《ね》からぬけ。また生えてくるよ」

そう声がかかった。きょうはキワさんも、となりのうねで草をむしっている。

「草の根もとに指《ゆび》をあててひっぱるんだ」

見本とばかりに地面《じめん》に指をおしこんでぐいっとひくと、根がでてきた。

「やってみい」

「……はい」

キワさんが見てるから、虫がいやとはいえないしな。

しかたなく地面《じめん》に指《ゆび》をくっつけた。思いがけず土はやわらかかった。

「親指と人さし指でつまんで、中指をそえるんだ」

いわれた通りにしてひっぱると、茶色の根《ね》がとびだした。根からぱらりぱらりと土が落《お》ちるのに、ぼくは見入ってしまった。

ふんふふ、ふんふんふ～……。

キワさんのほうから鼻歌《はなうた》がきこえてきた。

このメロディー、知ってる。なんて曲《きょく》だっけ？

まねしてリズムをとっていたら、草はあっという間にとりおわった。

「あとは、ニワトリ小屋《ごや》のそうじをたのもうかね」

ほうきをもって、キワさんといっしょに小屋《こや》へ入った。

そろーりそろーりとつま先で歩きながらビートをさがしたけれど、見つからなかった。

きょうは、地面《じめん》をなでるようにそっとほうきを動《うご》かした。

よし、だれもおこらないぞ。やっぱりきのうは、砂《すな》ぼこりをあげたのがいけなかったんだ。

調子《ちょうし》よくほうきを動かしていたら、小さめなニワトリが一羽《わ》よってきた。

あっ、ビートだ。

ふらついているようなとびはねているような動きで、いっしょうけんめいついてこられると、やっぱりなんだかうれしくなった。

帰り道、アサヒによった。

きょうのお昼は、弁当《べんとう》の配達《はいたつ》が二けんと、正平さんにたのまれたお弁当の予約《よやく》が入っていた。

正平さんは、早くにおくさんを亡《な》くしてひとりぐらしだから、弁当《べんとう》が便利《べんり》だとよく買ってくれるお得意《とくい》さんだ。きょうはお客《きゃく》さんがくるらしく、お昼ごはんとおみやげ用まで、五つもお弁当を予約してくれていた。

それで店がいそがしいので、父さんに手伝《てつだ》いをたのまれたのだ。

だけど最初《さいしょ》、ぼくは、「ちょっと用事《ようじ》があるから」とことわった。

すると父さんが、「お昼の時間だけでいいからさ」と、手を合わせておがんできた。

たよりにされて悪《わる》い気はしなかったし、用事があるというのもどこかほこらしくて、

「まあ、それならいいけど」

しかたないなって顔でうなずいた。

店についたのは、十一時半ちょっと前だった。

配達分《はいたつぶん》のお弁当《べんとう》を車に積《つ》んで父さんがでかけると、母さんは正平さんのお弁当のしあげにとりかかった。約束《やくそく》は十二時半だという。紅白《こうはく》のかまぼこに、手早く切れこみを入れていく。

「そんなのメニューにないよ」

お弁当箱《ばこ》をのぞくと、筑前煮《ちくぜんに》のニンジンは花型《はながた》にぬいてあった。

「お客《きゃく》さんへのおもてなしだからね」

母さんがふふっとわらう。

ぼくは、ごうかなお弁当に見とれてほーっと息《いき》をはいた。

十二時をすぎると、店はいっきにこみだした。ぼくは注文《ちゅうもん》をうけたり、母さんの仕上げたお弁当をお客さんへわたしたりした。

ようやくほっとすると、「どうしたのかしら」と、母さんがおくの間《ま》をふりかえった。

厨房《ちゅうぼう》のおくにある三畳間《じょうま》には、正平さんのお弁当がまだおいてあった。

「そういえば、正平さんおそいね」

もう一時だ。

そのとき、ガラッと店のガラス戸があいた。

「あっ、正平さん、まってたんですよ」

そこへ、父さんも帰ってきた。

正平さんは、お客《きゃく》さんが急《きゅう》に体調《たいちょう》をくずしてこられなくなったといい、心配《しんぱい》そうにため息《いき》をついた。

父さんは少し考えてから、うなずきかけるようにしていった。

「だいじょうぶ　きっとすぐよく　なりますよ」
五、七、五のリズム。正平さん流《りゅう》の俳句《はいく》だ。
正平さんは俳句の会に入っていて、ときどき俳句をひろうしてくれる。俳句には季語《きご》が必要《ひつよう》だけれど、そんなの気にせず思ったことをよめばいいといった。

「そうだよな」とつぶやくと、正平さんはようやくいつもの顔にもどった。

母さんは、ひとりでお弁当《べんとう》五つは多すぎるからと、ふたつをわたした。もうしわけないと頭を下げつつ、正平さんは帰っていった。

「あれどうするの？　ごうかに作ったんじゃないの？」

ぼくは、のこってしまったお弁当を見た。

お弁当はとってはおけない。あまりを出すとむだになる。だから父さんたちは、売れのこりがでないように、でも足りなくならないように、いつも気をつけていた。

「お店、損《そん》しちゃうんじゃない？」

「まあ、心配《しんぱい》するな」

父さんが、バンッとぼくの背中《せなか》をたたいた。

「商売《しょうばい》ってのはな、損得《そんとく》がすべてじゃない。人と人のつながりが大切なんだ。目先のことばかりじゃなく、もっと先のことを考えたらいいんだよ」

母さんもしずかにうなずいている。

なんかそれじゃ、ぼくが悪《わる》いことをいったみたい。アサヒのことを心《しん》配《ぱい》しただけなのにな。

昼ごはんになったごうか弁当《べんとう》のかまぼこを、ぼくははしで小さくちぎりながら食べた。

夕方、ひとりで店を出た。

空気はもわっとしていて、息《いき》をするのも苦《くる》しくなりそうな暑《あつ》さだった。

団地《だんち》の自転車《じてんしゃ》おき場《ば》で、ばったり颯太《そうた》と会った。

「合宿《がっしゅく》、おわったんだね」

「さっき学校で解散《かいさん》したんだ。母ちゃんのおしゃべりが長いから、先に帰ってきたとこ」

颯太《そうた》の顔は、真《ま》っ黒《くろ》に焼《や》けていた。

「焼けたね」

「まあな。けど、チームのやつはもっと真っ黒だぜ」

颯太が、得意《とくい》そうににっとわらう。

なんだか別人《べつじん》みたい。

ぼくはちょっとうつむいた。

でも颯太のつぎのことばに、またぱっと顔を上げた。

「なあ、これからひみつ基地《きち》にいかない？」

「いいね！　ひさしぶりじゃん」

ぼくと颯太《そうた》のひみつ基地《きち》は、自転車《じてんしゃ》おき場《ば》のわきに植《う》わったシイの木のうらだ。となりの林とを仕切るフェンスとシイの木のあいだに、ちょうどいいすきまがあった。団地側《だんちがわ》からだと、木の影《かげ》になって見えない。

「虫よけしてこないとな」

「アイスもってくるよ」

ぼくらは団地の階段《かいだん》をかけあがった。

きょろきょろあたりをうかがってから、シイの木のうらへするりと体をおしこんだ。

地面《じめん》にすわると、ぼくはすぐ、アイスにかじりついた。

だけど颯太は、アイスもそっちのけでしゃべりだした。

「オレさ、ミッドフィルダーになったんだ。今、トラップの練習《れんしゅう》をがんばっててさ」

「……トラップ？」

知らないことばがでてききかえしたけれど、いきおいにのった颯《そう》太《た》にはきこえなかったらしい。

「味方《みかた》のパスをうけて、さらに前線へパスをだすんだ。かっこいいだろっ」

とんっと、胸《むね》をたたいてみせる。

颯太にとっては、知っててあたりまえのことみたい。颯太、かわっちゃったな。

くっとつばを飲《の》みこんだ。

ぬるまったい風が、ゆったりとふいてくる。それがアイスをとかし、颯太のアイスの表面《ひょうめん》には水滴《すいてき》がうきあがっている。だけど颯太は、しゃべることに夢中《むちゅう》で気づかない。

「今度《こんど》の土曜日、試合《しあい》があってさ。そこでオレ、デビューするんだ。父ちゃんってば、仕事《しごと》で試合にいかれないからって、母ちゃんにビデオとってくるようにたのんでるんだぜ」

「……サッカー、いそがしいんだね」

ぼくは、垂《た》れてくるアイスをそっとなめた。

すると、思いがけず「いや」と、颯太《そうた》は首をふった。

「練習《れんしゅう》は毎日あるけど、一日じゅうってわけじゃないんだ。明日も午前練だし」

それからようやく一度《ど》アイスをなめて、こっちを見た。

「午後なら遊《あそ》べるぜ」

ぼくは、変《へん》な気分になった。

颯太と遊べるなんてうれしいはずなのに、なんとなくよろこべない。うれしいのに、うれしくないみたい。

「あっ、用事《ようじ》があった？」

「ああ、ちょっと……」

ぱくっと、アイスにかぶりついた。

ラムネ味《あじ》が、口の中に広がっていく。

大好《だいす》きな味なのに、ぼくはほとんど味わわずに、ごくんと飲《の》みこんだ。


ふんふふ、ふんふんふ～……。

湯船《ゆぶね》につかると、きょうの昼間にきいたキワさんの鼻歌《はなうた》を、いつのまにか歌っていた。

やっぱりこれ、きいたことあるんだよな。

と、そこへ、

「スイカの　めいさんちー」

同じリズムの歌声がとびこんできた。

「えっ、父さん、この曲《きょく》知ってるの？」

ぼくは、思わずザバッと湯船から立ちあがった。

ふんふんとリズムをとりながら、父さんが体をあらいはじめる。

「ほら、サトシが小さいころにきいてた童謡《どうよう》のCD《シーディー》に入ってたろ。スイカのめいさんち、って曲だよ」

「そっか、だからきいたことあったのか」

ぼくが小さいころ、母さんはよく童謡のCDをかけてくれた。おかげで、そらで歌える曲もいくつかあった。

体をごしごしやりながら、父さんがスイカのめいさんちを歌い続《つづ》ける。

ぽつりぽつりと思いだした歌詞《かし》を口ずさむと、父さんや母さんと遊《あそ》んだ小さいころの思い出が頭にうかんだ。

ブロックで車をつくったこと、つみきでお城《しろ》をつくってはこわしたこと……。

父さんは曲の二番と三番のあいだで、風間山《かざまやま》のむこうにおいしいスイカの産地《さんち》があるのだとおしえてくれた。

ザポンッと、父さんもぼくのとなりにつかった。

「すーてーきーなーとーころよー」

ちょっと調子《ちょうし》っぱずれな歌声が、お風呂場《ふろば》にこだまする。

「きれいなあの子の　晴れ姿《すがた》ー」

父さんの声に、ぼくの声がそろう。

「スイカのめいさんちー」

5 フルーツトマト

「おはようさん」

つぎの日も、キワさんは笑顔《えがお》で待《ま》っていた。

「さあ、はりきってくよ」

気あいの入った声をきくと、なんだか力がわいてくる。

草とりをはじめたら、ひとりでにスイカのめいさんちを口ずさんでいた。

「草とりはまずまずだ。じゃあ、収穫《しゅうかく》のしかたをおしえてやろうかね」

こっちだと手まねきしたキワさんは、がばっとトウモロコシ畑《ばたけ》をかきわけた。

トウモロコシはぼくの背《せ》と同じくらいの丈《たけ》で、うねはしげった葉《は》でいっぱいだった。うでにちくちく葉《は》があたるので、両《りょう》うでをかかえ、体を横《よこ》にしてすべるように歩いた。

「ほれ、これはとりごろだ」

ぼくの胸《むね》の横あたりから、黄緑色《きみどりいろ》の皮《かわ》にくるまれたトウモロコシがぬっとつきだしていた。太めの筆箱《ふでばこ》くらいの大きさで、しゅっと細くなった先端《せんたん》から茶色いひげのようなものが垂《た》れ下《さ》がっている。

「これ、かれてるみたいだけど」

ぱさぱさしたひげにさわると、

「ほれっ」

キワさんは、トウモロコシの皮を少しだけめくってみせた。中から、黄色くかがやくトウモロコシの実《み》が顔をのぞかせる。

「ここに手をそえてみい」

そういわれて、ぼくは実の根元《ねもと》、くきとの境《さかい》をおさえた。その上に、しわっとしたキワさんの手がのった。

「せーので力を入れるよ。せーの……」

ぽきっ。

小気味《こきみ》よい音と同時に、ぼくはつんのめって、トウモロコシのくきにだきついた。

でも、トウモロコシはたおれなかった。

「トウモロコシって、じょうぶなんだな」

まじまじ見つめていると、あははっとキワさんがわらいだした。

「いくらなんでも、力の入れすぎだよ」

はずかしくて、でもちょっぴりおかしくて、へへっと頭をかく。

「こんなにわらうのは、ひさしぶりだ」

キワさんはいつまでもわらっている。

四方からのびだしたトウモロコシの葉《は》が、ちくちくと顔にもあたった。

だけど、それはもう、あまり気にならなかった。

そのあとはまた、ニワトリ小屋《ごや》のそうじだった。まだたくさんのニワトリの中からビートを見わけることはできないけれど、自分からよってくるので、きょうもビートは見つかった。いつのまにか、ぼくはつま先立ちじゃなくなっていた。

つぎの日もそのつぎの日も、ビートは細い足ではずむようによってきた。よく見ていると、歩きだすとき、ぴょんぴょんぴょんと三回ジャンプする。ビートのくせらしかった。

「きょうも早おきね」

朝おきてリビングをのぞくと、母さんが朝食をテーブルにならべているところだった。

「目がさめちゃって」

キワさんちへいきはじめてから、五時半には目がさめるようになった。

「最近《さいきん》ねるのも早いもんな」

父さんがいうように、九時にはふとんに入っている。キワさんのところでよく動《うご》くせいか、自然《しぜん》とねむくなるんだ。

「いっしょに朝ごはんが食べられて、うれしいわ」

母さんは、ぼくの分のごはんもよそってくれた。

父さんたちは六時半には家をでる。だから、早おきしないといっしょにごはんは食べられない。

レタスにキュウリとミニトマトをのせたサラダから、ぼくはトマトをひとつつまみあげた。

「このトマト、まんまるじゃないんだね」

キワさんの畑《はたけ》のはまるかったのに。

「ええ、アイコって種類《しゅるい》で少し細長いの。サトシも野菜《やさい》に興味《きょうみ》がでてきたのね」

父さんみたい、と母さんがわらう。

「まあ、ちょっとね」

ぽーんとトマトを口へほうりこんだ。

そこで、「そうだ」と、父さんが思いだしたようにいってほほえんだ。

「もうすぐハートの日だろ。アサヒも三周年《しゅうねん》だしせっかくの記念日《きねんび》だから、その日は午後店を臨時休業《りんじきゅうぎょう》にして、三人でどこかへでかけないか？」

「えっ、ほんと！」

思わず声が大きくなった。

弁当屋《べんとうや》アサヒは、ぼくが一年生の夏休みにはじめた店で、八月十日の開店日《かいてんび》を、父さんたちはごろ合わせで〈ハートの日〉とよんでいた。今度《こんど》のハートの日が、三周年記念日《しゅうねんきねんび》というわけだ。

「どこかいきたいところはある？」

母さんがきいてくる。

「そうだな」

ぐるんとうでを組んで考えこんだ。

「まあ、じっくり考えたらいいよ」

そんなぼくを見て、父さんたちはおかしそうにわらった。

その日も、キワさんの家へいくと草とりからはじまった。

ぼくは鼻歌《はなうた》まじりで草をとりつつ、ミニトマトの前にさしてあるプレートを見た。フルーツトマト、と書いてあった。

それから、いつものようにニワトリ小屋《ごや》へいった。

「あれ？」

小屋《こや》の外、物《もの》おきのかげに、犬小屋《ごや》くらいのゲージがでていた。

きのうはなかったのに。

中に、ニワトリが一羽《わ》入っている。

キワさんは、しゃがんでじっとそのニワトリを見ている。

「なにしてるんですか？」

うしろから声をかけると、キワさんはそのかっこうのままこたえた。

「ニワトリの顔を見てるんだよ」

「顔？」

しばらくして、キワさんはやっとこっちをふりむいた。

「よーく顔を見たら、たいていのことはわかる。このこは夏バテ気味《ぎみ》だったから、すずしい場所《ばしょ》へうつしたんだ。でも、もうだいじょうぶそうだね」

「顔を見たらわかるんですか？　しゃべらないのに？」

ニワトリ小屋《ごや》のほうを見ると、ぴょんぴょんぴょんと三回ジャンプしてから、ビートがこちらへよってきた。

ぼくは、ビートの顔をじっと見つめた。

でも、なにを思っているかなんて、ちっともわからない。

首をかしげると、ビートもまねしてちょっと首をかたむける。ふわっと、首もとの毛がふくらむようにもちあがる。

さわってみたいな。

ふとそう思った。

でも、とがったくちばしを見るとつつかれそうで、フェンスへのばしかけた手をひっこめた。

キワさんはぼくの質問《しつもん》にはこたえず、にやりとすると、

「さっ、もうひとがんばりしちゃうよ。きょうのおだちんはトマトにするからね。サトシが草とりしてくれてよろこんでるみたいで、最近《さいきん》よく実《みの》るんだよ」

ぽんぽんっと、ズボンのおしりをたたいて立ちあがった。

6 ハートの日の計画

ドタバタと、となりの部屋《へや》から急《きゅう》に足音がきこえてきた。

「なんでおこしてくれないんだよ！」

半分泣《な》きだしそうな、必死《ひっし》な颯太《そうた》の声もする。

ぼくはキワさんの家へいこうと、げんかん先でくつをはいていた。

「しずかに。佳菜《かな》がおきちゃうでしょ」

「佳菜が悪《わる》いんだろ。オレだってねむいんだぞ」

颯太と颯太の母さんの言い合いのあと、バーンと、げんかんのとびらのひらく音がした。「ちょっと、お弁当《べんとう》……」という声をかきけすように、とびらはまた、バタンと大きな音をたててしまった。

「颯太、どうしたんだろう？」

あたりがしずまると、ぼくはげんかんをでた。団地《だんち》のろうかから下をのぞきこむ。

団地の前の通りを、颯太《そうた》が自転車《じてんしゃ》でわたっていくところだった。自転車のかごには、スポーツバッグが半分はみだしながらのっている。

「なんだサッカーか。心配《しんぱい》して……」

損《そん》しちゃった。

胸《むね》の中でつぶやいて、ぼくはゆっくりと団地の階段《かいだん》をおりた。

土手のグラウンドを見おろしながら、自転車を走らせる。野球《やきゅう》をする子やジョギングをしている人をながめているうちに、大きな橋《はし》が見えてきた。橋をわたった先は、風間山《かざまやま》だ。

そこで、土手ぎわに一台、自転車がとまっているのを見つけた。青いボディに黄色いラインが入ったマウンテンバイク。

「これ、颯太のだ」

あたりを見回すと、土手の上からグラウンドへおりる階段《かいだん》のとちゅう、斜面《しゃめん》に生《は》えた背《せ》の高い草のあいだに白いT《ティー》シャツが見えかくれしている。

「あっ」と声をあげたら、颯太《そうた》がこちらをふりあおいだ。

そのむこうに見えるグラウンドでは、サッカーの試合《しあい》をしていた。コーチのさけぶ声や、ボールをよぶ声がきこえてくる。

「そうだ、試合」

土曜日は試合だっていってたよな。だから急《いそ》いでたのか。

顔をかくすように、颯太はさっとグラウンドのほうへむきなおってしまう。

ちょっとまよって、でもぼくは、階段をおりると颯太よりひとつ上の段にすわった。

わっと草にかこまれた。グラウンドから見たら、きっとこちらは草の中なのだろう。

だけど太陽《たいよう》は、ちゃんと見ているぞというように、上からじりじりてりつけてくる。

「あちー」

「あっちいな」

颯太《そうた》はスポーツバッグからタオルをだすと、頭へのせて、それからこっちへも一まい投《な》げた。

「あっ、ありがと」

口のひらいたバッグの中に、つるりとした青い布《ぬの》が見えた。グラウンドをかけまわる子たちが着《き》ているユニフォームと同じ色だ。きっと颯太のユニフォームだろう。

「試合《しあい》、いいの？」

「……ちこくするとでられないから」

颯太は、キッと足もとをにらんでいた。

セミの声が、ぶわっとふくらんでよせてくる。それといっしょに、颯《そう》太《た》のつぶやき声も流《なが》れてくる。

「いいよな、サトシは。ひとりって自由《じゆう》じゃん」

どきんとして、熱《あつ》いコンクリートの階段《かいだん》へ、ぼくはぎゅっとてのひらをおしつけた。

それから、セミの声にかきけされるくらいの声でつぶやいた。

「自由でも、颯太みたいにサッカーとかないもん」

「えっ、なに？」

颯太がこっちをふりむいたところで、ピピーッと試合終了《しあいしゅうりょう》の笛《ふえ》が鳴《な》った。

もう一度グラウンドへ視線《しせん》をもどすと、ふーっとため息《いき》をついてから、颯太はぽそっとつぶやいた。

「ったく、佳菜《かな》のせいで……」

きのうの夜中に佳菜《かな》のぜんそくの発作《ほっさ》があり、今朝《けさ》は家族《かぞく》みんなねぼうしてしまったそうだ。

足もとの雑草《ざっそう》をひきぬいては投《な》げる颯太《そうた》を見ていると、試合《しあい》にでられなくてくやしいのがじんじん伝《つた》わってくる。

ぼくは、颯太をはげますように明るい声でいった。

「ねえ、これからキワさんのところへいかない?」

まぼろしのたまごやビートのことも話すと、颯太はようやくいつもの顔にもどって、「なんかおもしろそうだな」と、ちょっとわらった。

ぼくらはならんで自転車《じてんしゃ》をこぎだした。出発《しゅっぱつ》してすぐに、暑《あつ》いからと頭にタオルをまいた。

「サトシ、てるてるぼうずみてー」

「颯太だって!」

わらいあいながら自転車をこいだ。

畑《はたけ》から顔をだしたキワさんは、「おそろいだね」と、自分の頭にまいた手ぬぐいを満足《まんぞく》そうになでた。

「あっ、小川颯太《おがわそうた》です」

「はい、どうも」

あいさつした颯太の顔をじっくり見てから、

「さあ、きょうもはりきってくよ。まずはキュウリの収穫《しゅうかく》。それから、ニワトリ小屋《ごや》のそうじだ」

いつものようにばしばしと用事《ようじ》をいい、きょうはハサミをだしてきた。

それは茶色くさび、ねんきが入っていた。

キュウリは地面《じめん》からつる状《じょう》にのびるので、うねには屋根《やね》のように支柱《しちゅう》が組まれ、ネットがかけてある。そこにからみついているから、キュウリはよく目立つ。

「これ、くの字みたいだぜ」

颯太《そうた》が指《ゆび》さしたとなりには、

「こっちは、し、だな」

細くてひょろっとしたやつも実《みの》っている。

「こうやって首のほうをもって、ハサミで切るんだよ」

キワさんは、パチンとハサミを動《うご》かした。

「ほれ、やってみい」

わたされたハサミは重《おも》かった。指を通し、切るしぐさをしてみたけれど、動かしにくい。

「これ、とっていいですか?」

キュウリへ手をのばした颯太は、すぐに「いてっ」と手をはなした。

「つぶつぶがいたいんだよ」

ぼくはつぶつぶに気をつけながらそのキュウリをつかむと、実《み》のつけ根《ね》をハサミではさんだ。
ぐねっと、ハサミが横《よこ》むきになった。
刃《は》が悪《わる》いのか、うまく切れない。何度《なんど》かくりかえしたけれどだめで、
そのうち、ハサミのあたる中指《なかゆび》のわきがいたくなってきた。
颯太《そうた》も挑戦《ちょうせん》したけれど、やっぱりだめだった。
「このハサミが使《つか》えたら、いちにん前だ」
キワさんがハサミを動《うご》かすと、キュウリはかんたんにとれた。
キワさんみたいにできたらいいのにな。
ぼくは、赤くなった中指のわきをさすった。

「おおっ、すげーいる！」
ニワトリ小屋《ごや》へ入ると、ニワトリの多さにびびった颯太は、ぼくの背《せ》中《なか》にくっついた。

ほうきを動《うご》かしていたら、いつものようにビートが三回ジャンプしてからよってきた。

「こいつがビートか」

ぼくのうしろから颯太《そうた》がしげしげと見るので、ビートはぼくの前をうろついた。いまにもほうきにぶつかりそうだ。

「おい、あぶないぞ」

むこうへ追《お》おうと手をのばしたとき、指先《ゆびさき》にふわっと赤茶色の毛がふれた。

「あっ、やわらかい」

ニワトリの毛ってかたそうに見えたのに。

今度《こんど》はしゃがんで、ゆっくりなでた。ふわっとしていて気もちいい。

だけど颯太が手をのばしたら、ビートはすかさずとびのいた。

「ちぇっ、サトシはとくべつかよ」

とくべつか。

ぼくはふふっとビートへわらいかけた。

手伝《てつだ》いが全部《ぜんぶ》おわると、井戸水《いどみず》で手をあらった。

「冷《つめ》たくて気もちいー」

颯太《そうた》がバシャバシャと水しぶきをとばす。

「わっ、かかった」

ぼくも、パシャッと水をかけかえす。

「やったな」

「颯太だって」

水しぶきが軽《かろ》やかに宙《ちゅう》をまう。

顔もうでも髪《かみ》の毛《け》もぬれた。ひやっとした感《かん》じが、気もちよかった。

ワーワーさわぐぼくたちを、キワさんはじっと見ていた。

キワさんが、さっき収穫《しゅうかく》したキュウリと塩《しお》むすびを縁側《えんがわ》にならべてくれた。

「うっめえ」

キュウリにかぶりついて、颯太《そうた》がさけぶ。

「うまいだろ」

ぼくもコリッとキュウリをかみ切ると、さらに大きな口をあけた。

「きょうはいい顔してるねえ」

ふふっとわらう声に目をむけると、キワさんがくいっとほおをあげてみせた。

それから、「よしっ」と立ちあがった。

「とくべつに、たまご焼《や》きを食べさせてやろう」

「えっ、ほんとですか！」

あわててぼくも立ちあがった。

「オレも！」と、颯太《そうた》もいきおいよく手をあげた。

明るい光のさしこむ台所《だいどころ》でキワさんがさしだしたボウルには、茶色くて大きなたまごがふたつ入っていた。

「これがまぼろしのたまごか」

キワさんはそれを両手《りょうて》にひとつずつもつと、シンクのかどでコンコンッとたたき、ボウルの上で、指《ゆび》をかけた殻《から》をひょいっともちあげた。

するりと、黄身《きみ》と白身がすべり落《お》ちる。

「光ってるみたい！」

「でっけー」

ぷりっともりあがった黄身《きみ》を見つめ、颯太《そうた》も声をはずませる。

「うみたては最高《さいこう》だよ」

キワさんはふふんと鼻《はな》を鳴《な》らすと、

「砂糖《さとう》と塩《しお》を少々入れたら、よくまぜて……」

手ぎわよくカチャカチャと菜《さい》ばしでまぜあわせ、あたためたフライパンの上へかまえた。

パチッと、フライパンの中で油《あぶら》がはねた。

それでも、

「いっきに、いきおいよく、自信《じしん》をもって！」

かけ声みたいにそういって、ボウルの中身をさっと半分流《なが》しこむ。

ジュワッといい音がして、あまいかおりがわきあがる。

たまごが半熟《はんじゅく》になるとフライパンのはしへよせ、のこりの半分も流《なが》し入れ、くるりとフライがえしでまきあげた。

2 3 4
6 7 8
10

そこまでほんとうにいっきにやってしまったキワさんに、ぼくは見とれてしまった。

黄金色《こがねいろ》にかがやくたまご焼《や》きをちゃちゃちゃっと三つに切り分けると、キワさんはそのうちのひとつを手づかみでぽんっと口へ入れた。

「おい、ひい、よ」

お皿《さら》を差《さ》しだされ、急《いそ》いで手をのばした。

まちにまったたまぼろしのたまご焼きだ。

どきどきしながら、口へ入れる。

とたん、ふわっといいかおりが鼻《はな》をぬけ、とろりとしたあまさが口いっぱいに広がった。

「なにこれ……」

あまくて、やわらかくて、あたたかくて、とろけそうで……めちゃくちゃおいしい！

たまご焼《や》きを食べきってしまうのがもったいなくて、わざとゆっくり口を動《うご》かす。

父さんたちも、これを食べたらきっとおどろくぞ。

ふたりのおどろいた顔を想像《そうぞう》して、ぼくはふっとわらった。

食べさせてあげたいな。

ごくんと口の中のたまごを飲《の》みこむと、おなかの底《そこ》へするりとあたたかいものが落《お》ちていく。

そうだ！

ひらめくと同時に、しゃべりだして

いた。

「これ、とびっきりおいしいから、八月十日にもう一度《ど》わけてくださ
い！」

「なぜだい？　いま、食べただろ？」

そういうキワさんに、いっきにまくしたてる。

「その日、ぼくんちの弁当屋《べんとうや》が三周年《しゅうねん》で、父さんと母さんにもまぼろし
のたまご焼《や》きを作ってあげたいんです」

一歩前へ出て、いきおいよく頭を下げた。

「あしたからも手伝《てつだ》いにくるから、お願《ねが》いします」

「ほお、そうかい」

キワさんはかんたんにうなずいた。

「じゃあ、またおいで」

「はい！」

はずんだぼくの声と重《かさ》なるように、コッコッと、楽しそうなニワトリたちの声がひびいてきた。

キワさんちからの帰り道、颯太《そうた》はなんだか元気がなくなって、話しかけてもうなずくくらいになり、団地《だんち》の前まできたころにはすっかりだまりこんでしまった。

自転車《じてんしゃ》おき場の前に、人かげがあった。

その中からこちらをふりむいた颯太の母さんは、かけよってくるなり颯太にだきついた。

「よかった……よかった……」

自転車ごとたおれそうになるのをふんばりつつ、颯太が、てれくさそうな泣《な》きだしそうな顔になる。

「颯太！」とさけんで走ってきた颯太の父さんは、ほおっと大きく息《いき》をついた。

「母ちゃんにあんまり心配《しんぱい》かけるな」

あわてて仕事《しごと》から帰ってきたらしく、しめていたネクタイをひっぱってゆるめている。

いつのまにか、佳菜《かな》も颯太《そうた》のＴ《ティー》シャツのすそをにぎっていた。

三人にかこまれると、颯太は肩《かた》をよせてぽそっといった。

「ごめんなさい」

父さんが、その肩をぽんぽんとたたいた。もういい、というように。

颯太、よかったな。

そう思ったのに、ぼくはちょっとうつむいた。それから颯太たちと少しだけあいだをあけて、団地《だんち》の階段《かいだん》をのぼった。

げんかんの前で、「サトシ君《くん》もいっしょに夕飯《ゆうはん》どう？」と、颯太の母さんがさそってくれた。

「もうすぐ母さんが帰ってくるから」

ぼくはきっぱりとことわった。

ほんとうは、きょうは夕方にお弁当《べんとう》の注文《ちゅうもん》が入っていていそがしいから、七時まで帰れないといわれていた。夕飯《ゆうはん》は、冷蔵庫《れいぞうこ》に入れてあるおかずをあたためて食べる約束《やくそく》だ。

「そっか、じゃあまたな」

颯太《そうた》が手をふると、楽しそうな声はとびらのむこうへきえた。

カギをあけて入った家の中は、暑《あつ》くて息《いき》がつまりそうで、ベランダの窓《まど》を大きくあけた。

入りこんだ風に、カレンダーがはためく。

ぼくは、カレンダーの八月十日のところをじっと見た。

「キワさんに、おいしいたまご焼《や》きの作り方をおしえてもらわなきゃな」

そうつぶやくと、かたくなった体からわずかに力がぬけた。

7 重《おも》くなったら……

「ただいま」という母さんの声に続《つづ》き、

「きょうは売り切れごめんだ」

父さんのうかれた声も入ってくる。

お弁当《べんとう》が完売《かんばい》して、店を早じまいしたようだ。

「おかえりー！」

早くハートの日の計画を話したくてうずうずしていたぼくは、げんかんまですっとんでいった。

「あら、大歓迎《だいかんげい》ね」

うれしそうにほほえむ母さんへ、のりだすようにしてぼくは口をひらいた。

「あのさ、ハートの……」

そういいかけたところで、テゥルルッと電話が鳴《な》った。

「おっ、アサヒの電話だ」

ポケットからだした携帯《けいたい》電話の画面を見て、父さんがこちらへ目くばせする。しずかにって意味《いみ》だ。

しかたなく、ぼくは続《つづ》きのことばをのみこんだ。

「ああ、正平さん。こんばんは」

父さんは、ちっともつかれていないような明るい声であいさつをした。

それから、「えっ、いまからですか？」とちょっとおどろいたようにいって、母さんを見た。

それだけでなにがいいたいのかわかったらしく、母さんがこくんとうなずくと、

「はい、わかりました。じゃあ、できしだいすぐにおとどけします」

父さんは、さっきの明るい声でこたえて電話を切った。

ぼくは、ハートの日の話をしようと口をひらきかけた。だけどそれより先に、父さんがしゃべりだした。

「むかしからの友人が、ふらりとたずねてきたそうだ。うちの弁当《べんとう》のことを前から話してたみたいで、ぜひ食べさせてやりたいってたのまれちゃってさ」

うれしそうにいきさつを話しながら、いまぬいだくつをはいている。

「じゃあ、うでによりをかけなくっちゃね」

母さんも、一度《ど》おいた家のカギをつかんだ。

「おそくなるから、サトシもいっしょに店へいくぞ」

「さっ、急《いそ》ぎましょ」

ふたりはもう、げんかんを出ようとしている。

ハートの日の話をする気は、すーっとなくなってしまった。

「そこまですること、あるの？」

ぼくは、ぼそっとつぶやいた。

すると、父さんの手が肩《かた》にのった。

「正平さんはいつもアサヒをおうえんしてくれてるんだ。こんなときくらい力になっても、バチはあたらないさ」

その手はずしんと重《おも》たくて、思わずよろけてしまった。


つぎの日、目がさめたらげんかんのほうで父さんたちの声がした。お店へ出かける時間だった。

ひさしぶりの朝ねぼうだ。それでもいまなら見送《みおく》りにまにあうのに、ぼくはごろんとふとんの上で体をころがした。

げんかんのカギがしまった音のあとも、なんだか体が重たくて、おきあがる気になれなかった。

ぐずぐずねころんでいると、ドタドタドタッと、団地《だんち》のろうかをいそがしそうに走る音がひびいてきた。足音は、いきおいよく階段《かいだん》をかけおりていく。

颯太《そうた》の父さんが仕事《しごと》へいくところだな。

音のした窓《まど》のほうを見ると、明るい光がさしこんでいる。

ふーっとひとつ息《いき》をはきだしてから、ぼくはゆっくりと体をおこした。

キワさんの家の前で自転車《じてんしゃ》をおりた。

つーっと、首すじを汗《あせ》が流《なが》れ落《お》ちる。

きょうは、いつもより一時間家をでるのがおそかったから、その分日ざしがきつかった。

T《ティー》シャツのそでででごしごし汗をぬぐってから、門のわきに自転車《じてんしゃ》をとめていると、ふいに視線《しせん》を感《かん》じた。

畑《はたけ》のほうから、キワさんがこちらを見ていた。じーっと顔を見つめてくる。

「おそくなっちゃって……」

目をそらしかけると、ひょいひょいっと手まねきされた。

「きたね。きょうは、うら庭《にわ》の草とりからだよ」

くるのがあたりまえみたいないい方に、なんだかほっとした。

ぼくはうら庭《にわ》の草を、スイカのめいさんちのリズムに合わせてひきぬいた。

それからいつものように、ニワトリ小屋《ごや》のそうじをした。

そうじがおわったあと、ぼくはビートのとなりにしゃがんだ。

「もう、サトシだけでもそうじはだいじょうぶそうだ」と、キワさんは畑のほうへいってしまっていた。

「なあ、ビート」

声をかけると、ビートのまるい目がぼくを見た。

「なあに?」ときいているようだ。

ビートはぼくのことばがわかるのかな?

ふしぎな気分で、ぼくはしゃべりかけた。

「八月十日は、アサヒの三周年記念日《しゅうねんきねんび》なんだ。その日に、たまごがほしいんだ。たまご焼《や》きを作りたくてさ。……父さんたち、よろこんでくれるかな」

最後《さいご》にぽそっとつけたした。

コケッと、いせいのいい声がかえってきた。「わかった」というように。

ちょっとわらいたくなって、同時にふっと気もちが軽《かる》くなって、ぼくはビートの背中《せなか》をそっとなでた。

「ぴょんぴょんと　はずむビートの　たまご焼き」

ビートのたまごで作ったら、口の中ではずむようなおいしいたまご焼《や》きになるだろうな。

想像《そうぞう》して、目を細めた。

するとうしろで、「へえ」と声がした。

「サトシ、俳句《はいく》なんてできるんかい」

「あっ、えっと」

ぼくはキワさんに、正平さん流《りゅう》の俳句をおしえてあげた。

「やるねえ、サトシ」

そういうと、キワさんはあご先に手をそえて、なにやらぶつぶつつぶやいていた。

「おお、そうかい。スイカかね」

受話器《じゅわき》をにぎったキワさんは、そこで縁側《えんがわ》にすわったぼくをちらっと見た。

ここへ通いはじめて、もう十日以上《いじょう》すぎた。手伝《てつだ》いの手ぎわもだいぶよくなり、ニワトリ小屋《ごや》のそうじまであっというまにおえて、縁側《えんがわ》でひと休みしていたところだった。

「ああ、ありがたくいただくよ」

スイカをもらう約束《やくそく》をしているらしい。

「いや、だいじょうぶだ」

やけにはっきりそういって、キワさんは電話を切った。

「サトシ、でかけるよ」

「えっ、どこへ？」

「となりだ」

つっかけをはいて、キワさんが土間《どま》から庭《にわ》へでてくる。

「おとなりって、親せきなんですよね？」

キワさんの家まで三けん、親せきのはずだ。

「ああ。庭《にわ》のほうもつっ切れるけど、いまは草がすごいから、表《おもて》をまわるよ」

表の通りへでたキワさんは、しばらく歩いておとなりの門を入った。

となりといっても、団地《だんち》のおとなりとは全然《ぜんぜん》ちがう。団地なら、十けん先へいくくらいの距離《きょり》はあった。

「きたよー」

キワさんが大きな声をかけると、

「まってたよ～」

おばさんが家のうら手から出てきた。

頭に手ぬぐいをまき、長ぐつをはいている。畑仕事中《はたけしごとちゅう》らしい。

ぼくがぺこりとおじぎをすると、

「ああ、なるほどね」

おばさんはふふっとわらった。

「重《おも》たいけどだいじょうぶかね？」

そういいながら手まねきをする。

キワさんは、もう縁側《えんがわ》にすわってくつろいでいて、動《うご》く気配《けはい》はない。

まよいつつ、おばさんのあとに続《つづ》いた。

うら庭《にわ》から畑《はたけ》へでた。前にいった農家《のうか》のお兄さんの家といっしょにやっている、広い畑だ。その中をずんずんいくと、大きなスイカがぼこぼこなっていた。

「そうだねえ、これがいいかな」

ぽんっとスイカをたたく。

ぽーんと、たいこみたいにいい音がかえってくる。おばさんは、そのつるをハサミで切った。

「重《おも》たいけど、おいしいよ」

これをもっていけってことか。

両手《りょうて》をスイカの下へ回した。

「うっ……」

思っていたよりずっと重《おも》い。

「腰《こし》に力を入れてもちあげるんだよ」

そういわれて腰に力を入れると、ふらつきながらもなんとか立ちあがれた。

「いつもならとどけるんだけど、キワさんが、きょうはだいじょうぶだっていってね。弟子《でし》ができたってきいてたけど、まさかこんなにわかいとはね」

電話の「だいじょうぶ」は、こういうことだったのか。

「もともと元気な人だけど、最近《さいきん》ますます元気なわけだ」

おばさんはぼくを見て、にこっとほほえんだ。

ぼくがくるからってことかな。もう、重《おも》たいなんていってられないや。

両足《りょうあし》を広げ、やじろべえみたいにえっちらおっちら歩いた。

「おっ、もらってきたね。じゃあ帰るよ。ありがとさん」

キワさんが立ちあがる。

「こんなお弟子《でし》さんがいたら、安心《あんしん》だね」

おばさんが声をかけると、背中《せなか》をむけたまま軽《かる》く手をあげて歩きだす。

「えっ、ちょっと……」

ほんとうは、一度地面《どじめん》へスイカをおろしたかった。

でもおばさんも見てるし……。

なんとか歩き続《つづ》けた。だけど門をでて二十歩といかないうちに、手がしびれてきた。

「キワさん、ちょっと、重くて……」

そういうと、キワさんはようやくこちらをふりむいた。

「じゃあ、そこにおろしな」

水がさらさら流《なが》れる用水路《ようすいろ》とアスファルトの道の境《さかい》に、ふんわりと雑《ざっ》草《そう》がしげっている。

「そっとおろすんだよ」

ぼくはさらに腰《こし》に力を入れて、ぐぐぐっとかがみこんだ。

「ふー」

両手《りょうて》からどっと力がぬけ、ぽたっぽたっと汗《あせ》が落《お》ちる。ひざに手をついて、肩《かた》で息《いき》をする。

「どうだい、楽になったかい？」

汗をぬぐいながらうなずくと、

「サトシはバランスをとるのがうまいね」

思いがけずほめられた。

「でも、やじろべえみたいでかっこ悪《わる》かったけど」

あんまり人に見られたくないかっこうだった。

「ここまで運《はこ》べたんだ、たいしたもんだよ。ただね……」

キワさんは、大きくてまるまるしたスイカを見つめていった。

「重《おも》くなったらおろすこった。がんばって運ぶことも、思いきっておろすことも、同じくらい大事《だいじ》だよ」

さーっと風がぬけた。

雑草《ざっそう》と田んぼの稲《いね》が、いっせいにさわわっとゆれる。

風といっしょに、手のしびれや体の重みもぬけていく気がした。

それからもう一度《ど》、やじろべえみたいになりながらスイカを運んだ。

同じ重さのはずなのに、今度はさっきよりも楽に運べた。

井戸水《いどみず》で少し冷《ひ》やしてから、キワさんはスイカを切ってくれた。

「わあ！」

赤い実《み》からは、かがやくしるがにじみだしている。

「スイカのめいさんち〜」

すっと、歌詞《かし》が口をついた。

「サトシも、この歌を知ってるんだね」

キワさんは、青い空を見上げて話しだした。

「あたしのいなかは、スイカを作っていてね。ここへ嫁《よめ》にくるとき、この歌でおくってもらったんだよ」

風間山《かざまやま》のむこうだと、山のほうを指《ゆび》さす。

「それから、畑《はたけ》といっしょにくらしてきた」

わかいころをなつかしむように目を細めたキワさんは、「いろいろあったねえ」とつぶやくと、かぷっとスイカにかぶりついた。

いろいろあったんだ。

ぼくは、真《ま》っ赤《か》なスイカをじっと見つめた。

重《おも》たい物《もの》をおろしたいって思ったことも、あったのかな……。

大きく口をあける。

シャクッという音と同時に、あまいしるが口の中にはじける。

それは、今まで食べた中で一番おいしいスイカだった。

その日の夜、

「ハートの日は、家でのんびりしようよ」

仕事《しごと》から帰った父さんたちにいった。

「えっ、それでいいのか?」

父さんも母さんもおどろいていた。

「みんなでごはんを食べようよ」

まぼろしのたまご焼《や》きのことは、まだひみつだ。

「そうか……、まあ、たまにはゆっくりするか」

父さんがこくりとうなずく。

「おいしいものを作るわね」

母さんは、まだちょっと心配《しんぱい》そうな顔でそういった。

8

約束《やくそく》の日

八月十日。

朝からぴっかぴかに晴れた。

いつものように、ぼくはキワさんの家へいって、草とりとニワトリ小《ご》屋《や》のそうじをした。

まぼろしのたまごのことは、帰りにもう一度《ど》たのんでみるつもりだ。

「あれ、ビート?」

ニワトリ小屋をでようとして、足もとにビートがいないのに気がついた。

小屋の中を見回すと、くつ箱《ばこ》みたいな箱《はこ》の中でまるまっていた。

「おい、どうした?」

かけよったら、ぱっと箱《はこ》からとびおりて、どうだというように胸《むね》をはった。

箱の中を見ると、

「あっ、たまご！」

大福《だいふく》くらい大きなたまごがひとつあった。

「おっ、うみたてだね」

様子《ようす》を見にきたキワさんは、小屋《こや》へ入ってくると、あごをしゃくった。

「とってみい」

ぼくは、すぐに手をだせなかった。

茶色いたまごの殻《から》には、わらのカスみたいなものがついている。

いままでこれ、ビートの体の中にあったんだもんな。

気もち悪《わる》いような、すごいことのような……。

コッコッと、ビートが鳴《な》いた。

ぼくは勇気《ゆうき》をだして、そっと手をのばした。両手《りょうて》でつつみこむようにしてたまごをひろいあげる。

「あったかい……たまごって、あったかいんだ」

ほかっとしたぬくもりが、てのひらに伝《つた》わってくる。

ほおっと息《いき》をはきだして、しばらくたまごに見とれた。

「いけない、帰るんだった」

ぼくはたまごから顔をあげた。

キワさんは、ニワトリたちを見ていた。目と目でなにか話しているみたいに、じっと。

それから、「よしっ」とつぶやくと、むこうの箱《はこ》へよっていき、なにかもってもどってきた。

「ほれっ、きょういるんだろ」

手には、まるいたまごがふたつのっていた。

「あっ、ありがとうございます」

おぼえててくれたんだ！

急《いそ》いで頭をさげると、

「ニワトリたちも納得《なっとく》してるみたいだからね」

あごで、ニワトリのほうをさす。

「お礼《れい》は、ニワトリたちにするこった。うみたてほやほやだよ」

ニワトリたちが納得《なっとく》って……。

そっか！　前に、あたしたちを納得させたらたまごをくれるっていってたけど、あたしたちって、キワさんとニワトリたちって意味《いみ》だったのか。

ぼくはニワトリたちのほうへむきなおると、

「ありがとう」

大きな声でいった。

コケッコッ。

ビートの鳴《な》き声《ごえ》は、「どういたしまして」といっているみたいだった。

キワさんは三つのたまごをパックにつめて、われないようにしてくれた。

「気をつけてな」

そういって手をふりかけたキワさんへ、ぼくはきいてみた。

「たまご焼《や》きって、どうやったらおいしく作れますか？」

するとキワさんは、とつぜんかけ声でもかけるような大きな声をだした。

「いっきに、いきおいよく、自信《じしん》をもって！」

この前いってたやつだ。

「大事《だいじ》なのは、胸《むね》をはって作ることなんだ」

自分の胸をとんとんっとたたいて、キワさんはにっとわらった。

お昼の十二時のサイレンと同時に、家についた。

パックからたまごをだし、われていないか確認《かくにん》する。どれも傷《きず》ひとつなかった。

「さすが、まぼろしのたまごだな」

ビートのたまごは、ほかのふたつよりも大きかった。てのひらにのせると、まだほんのりあたたかい。

きっとおいしいたまご焼《や》きになるぞ！

ぼくは、父さんたちのおどろく顔を想像《そうぞう》してわくわくしながら、冷蔵《れいぞう》庫《こ》へたまごをしまった。

そこで、「ただいま」と母さんの声がした。

むかえにでたぼくは、いきおいよくいった。

「きょうは、とくべつなおいしいものがあるんだ」

くつをぬいでいた母さんが、えっと顔をあげる。

「ほらっ、早く早く」

ぶんぶん手まねきした。

「あらっ、なあに？」

「ひ・み・つ」

ぼくがふふっとわらうと、母さんもふふっとわらった。

「それは楽しみだわ。ヒロさんもおどろくわね」

「あれ、父さんは？」

「俳句《はいく》の会の配達《はいたつ》へいってからもどるって。サトシがまってるから、先に帰るようにいわれたの」

「そっか、お弁当《べんとう》の予約《よやく》が入ってたんだよね」

となり町のサークルとの勉強会《べんきょうかい》があるからと、正平さんにたのまれたのだ。

注文《ちゅうもん》の電話に返事《へんじ》をする前、父さんはちらりとぼくを見た。

「だいじょうぶよ。お昼の注文だもの、午前中の仕事《しごと》の時間でおわるから」

母さんが耳もとでささやいて、ぼくはだまってうなずいた。

「もうすぐ帰ってくるわよ」

母さんがゆったりとした調子《ちょうし》でいう。ガチャッとげんかんのとびらがいきおいよくあいたのは、そのときだった。

「ただいまー」

息《いき》のあがった父さんの声に、ほらねと母さんがこっちを見る。

だけど、「きょうはおいしいものがあるんだ」というぼくのはずんだ声は、父さんのあわてた声にかきけされた。

「大変《たいへん》だ、アキちゃん！　弁当《べんとう》の数が足りないんだ。本当は五十こいるって。大至急《だいしきゅう》、あと三十こ作らないと」

いいおわるやいなや、父さんはもうげんかんをとびだしていた。

「まあ大変！　ちょっといってくるから」

バタン、と目の前でとびらがしまる。はっとして、ぼくもカギをもつと家をとびだした。


父さんと母さんは、配達《はいたつ》にいった車で店へもどったようだ。

あーもう、なんでこうなるんだ！

ぼくは力まかせに自転車《じてんしゃ》のペダルをふんだ。

店のシャッターは、下半分がひらいていた。〈本日は午後、臨時休業《りんじきゅうぎょう》します〉と書いた紙が、シャッターの上にはられている。

いっしゅん動《うご》きがとまりかけ、でもしゃがむと、店のガラス戸を横《よこ》へひいた。

店には、父さんと母さんと正平さんがいた。

「サトシ、悪《わる》かったな。せっかくの臨時休業《りんじきゅうぎょう》なのに」

いきなり正平さんが頭をさげた。

「ううん……」

あやまられると、そう答えるしかない。

「いやいや、わたしがききまちがえたんですから」

父さんが顔の前で手をふっている。

そこへ、母さんからきびきびした声がかかった。

「サトシ、こっちお願《ねが》いできる？　ソースを入れてから、お弁当《べんとう》のふたをしめてね」

「あっ、うん」

ぼくは急《いそ》いで手をあらうと、できあがったお弁当《べんとう》に小さなビニールぶくろに入ったソースをそえてふたをしめた。

完成《かんせい》したお弁当といっしょに車にのりこんだ正平さんは、「悪《わる》かったな」と、もう一度《ど》ぼくに頭をさげた。

「は～」と、おくの間《ま》にすわりこむ。

「おなかすいた……」

「そうよね。お昼ごはんは、あまりものにしましょうか。サトシのとくべつなおいしいものは、夕飯《ゆうはん》の楽しみにして」

母さんがお昼ごはんの準備《じゅんび》をはじめる。

「……うん」

家へもどる前に、ぼくはもう腹《はら》ぺこでたおれそうだった。

父さんが帰ると、おくの間でお昼ごはんをかこんだ。

「いやー、すまなかった。こういうミスは気をつけないとな」

注文《ちゅうもん》をうけまちがえた父さんは、本当に反省《はんせい》しているらしく、何度《なんど》も
そういった。

ほんと気をつけてよね。きょうは約束《やくそく》の日なんだから。

ほっとしたら、そう思った。

「そうだ、あしたの大聖寺《だいしょうじ》さんの法事弁当《ほうじべんとう》、さっき個数《こすう》の最終確認《さいしゅうかくにん》の電
話をしたけど、つながらなかったんだ」

ごはんのあと、父さんはポケットから携帯《けいたい》電話をとりだした。

「また仕事《しごと》ー」

たまらずそういうと、

「この電話で、きょうの仕事はおわりよ」

母さんは、なだめるようにそっとぼくの背中《せなか》をさすった。

だけど、トラブルはまたおこった。

電話を切った父さんは、自分の気もちを落《お》ちつけるように、ゆっくりといった。

「予約《よやく》は弁当《べんとう》六十こだってきいてたんだけど、法事《ほうじ》一けんにつき六十こだっていうんだ。あしたは、百八十こいるそうだ」

さっと立ちあがり、母さんが冷蔵庫《れいぞうこ》と冷凍庫《れいとうこ》をあけて食材《しょくざい》を確認《かくにん》する。

「あと百二十こか……」

父さんは、こまり顔でうでを組んだ。

だけど母さんは、きっぱりといった。

「ないとこまるんだもの、作るしかないじゃない。食材《しょくざい》はなんとかなりそうよ」

「ああ……、そうだよな」

父さんの顔もしゃんとなる。

「サトシ、キャベツとニンジンをとってくれる」

母さんはもう、テキパキ動《うご》いている。

ぼくは、のろのろと冷蔵庫《れいぞうこ》をあけた。ぐっと口をつぐみ、右手にニンジン、左手にキャベツをもつ。

弁当《べんとう》作りは、すでにはじまっている。

ぎゅぎゅっと、ニンジンとキャベツをにぎった。

「ちょっと！」

いいたいことはたくさんあるのに、そんなことばしかでてこなかった。

「ねえ、ちょっと！」

ようやくふたりはこっちをふりむいた。

あっというように小さく口をあけ、母さんがごめんねって顔になる。

でももう、いわずにはいられなかった。

「きょうは店、休みにするっていってたじゃん！」

父さんは、すまなそうに肩《かた》をよせた。

「ごめんな。でも、いまからしこまないとまにあわないんだよ」

そんなのわかってるけど……。

母さんが、うなずきかけるように首をかたむける。

「サトシのとくべつなおいしいものは、あしたの楽しみにするわ」

「えっ、さっきは夕飯《ゆうはん》にするって……」

ぼくがだまったら、しずんだ雰囲気《ふんいき》をもりたてるように、父さんはぱんっと手をたたいた。

「そうだ！　きょうのおわびに、来週の定休日《ていきゅうび》はみんなで遊園地《ゆうえんち》へいこう」

来週……。

「そうね。ひさしぶりだものね」

にっこりほほえんで、母さんはさらに声をはずませた。

「颯太君《そうたくん》もさそってみましょうよ」

「颯太《そうた》はサッカーだよ」

ぶっきらぼうにいった。

すると、父さんが思いがけないことをきいてきた。

「サトシも、サッカーしたいのか？」

「えっ？」

「颯太君《くん》のお母さんにきいたんだけど、体験入部《たいけんにゅうぶ》もあるみたいよ」

母さんもいう。

「やりたいならおうえんするぞ」

ふたりは、見守《みまも》るような目でこっちを見ている。

ビートのまるい目が頭にうかんだ。

胸《むね》がきゅーっといたくなり、ニンジンとキャベツがぐっと重《おも》くなった。

「重くなったらおろすこった」

キワさんの声が耳のおくでした。

「ちがうよ、そういうことじゃない！　せっかくビートがたまごをくれたのに！」

ニンジンを投《な》げだしていた。ゆかにあたったニンジンは、ぽきっとわれてはねあがった。続《つづ》けて、クシャッと、足もとでキャベツのつぶれる音がした。

「サトシ！」

父さんのおこった声がとんでくる。母さんはおどろいている。だけどぼくは、もう一度《ど》大きな声でさけんだ。

「アサヒなんかつぶれちゃえ！」

外へとびだして自転車《じてんしゃ》にのると、ぐんぐんペダルをふんだ。大通りまでいっきにでて、通りをわたりおえたとき、わき道から一台自転車がでてきた。

「あっ」と声がした。「サトシじゃん」といいながら、颯太《そうた》が手をふっ

たようだった。

でもぼくは、とまらなかった。颯太《そうた》の声は、うしろへ遠のいていった。

こんなところにいたくない！　どこか遠くへいきたい！

土手の上へでて、橋《はし》をわたり、夢中《むちゅう》でペダルをふみつづけた。

気がつくと、キワさんの家の前についていた。

かたむいた日の光につつまれたキワさんの家は、しずかだった。なんだかいつもより大きく見える。

黒い屋根《やね》がはねかえすにぶい色を見つめて、ぼくはつっ立っていた。

風にゆれる稲《いね》の音にまじり、コッコッとニワトリの声がきこえてくる。

その声が、ふいに大きくなった。

コーッ、ココーッ。

ひときわ高い声がした。

たすけて、っていってるみたい……。もしかして、ネコ!?

ぱっと、かけだした。

ガタガタッと音がして、キワさんも家からとびだしてくる。いっしゅんこっちを見て、あれ？　って顔をしたけれど、すぐにニワトリ小屋《ごや》のほうへ走りだす。

それをすいっと追《お》いこして、ぼくはニワトリ小屋の前へでた。

ニワトリたちは羽をばたつかせ、高い声でさけびながら小屋《こや》のすみにより集《あつ》まっていた。

その見つめる先には……、

「あっ」

黒ネコがフェンスに首をおしこんでいる。

「やめろ！」

ぼくの声におどろいたネコは、しゅるるっと首をひきぬくと、木《こ》の葉《は》のように体をひるがえした。

「まてっ！」

追《お》いかけながらさけんだけれど、ネコは草むらの中へにげこんで、あっというまに見えなくなってしまった。

「ここいらじゃ、ときどきタヌキもでるからね。気をつけてやらないと」

キワさんはネコが首をつっこんでいたあなを見ながら、ニワトリがあいう鳴き方をするのは、ネコがきたときか、かみなりがこわい子がさわぐときなのだといった。それから、

「サトシがいてくれてたすかったよ」

ゆっくりとこちらへ顔をあげた。

キワさんの顔を見たら、ふっと肩《かた》がさがった。そのむこうにニワトリたちの元気なすがたが見えると、ぼくはへなへなと地面《じめん》にしゃがみこんでしまった。

針金《はりがね》でフェンスのあなをふさぐと、キワさんはニワトリ小屋《ごや》のカギをもってきて、「ほれ、だいじょうぶかい」とぼくのうでをひっぱってくれた。

「さっ、入れ」

ギギッと、ニワトリ小屋のとびらが大きくひらく。

そっと一歩中へ入ると、さっとビートがすりよってきた。きょうはほかのニワトリたちも、ぼくのまわりにふんわり円をえがくように集《あつ》まってくる。

くるりととりかこまれたとき、ビートがつんとぼくの足首をつついた。

「いた、くない……くすぐったい」

「すっかり家族《かぞく》になったねえ」

キワさんが、にっとほほえんだ。

「……家族？　ニワトリと？」

「そうさ、家族《かぞく》だよ。気持ちが通じあえば家族だ」

どきっとした。

さっきぼくは、家をとびだしてきちゃったんだ。

うつむくと、キワさんはぼくの顔をのぞくようにちょっとかがんだ。

「なにかあったのかい？」

やさしいまなざしに、きゅっととじていた口から少しだけ力がぬけた。

「父さんと母さん、ぼくの気もち、わかってないんだ」

しぼりだすようにつぶやいた。

「そうかい」

キワさんは、ゆっくり深《ふか》くうなずいた。

鼻《はな》のおくがツンといたい。

目が熱《あつ》くなり、涙《なみだ》がもりあがってきそうで、ぎゅっとこぶしをにぎった。

「サトシは、自分の気もちを伝《つた》えようと、努力《どりょく》したんかい？」

「努力？」

キワさんはこちらへこくんとうなずいてから、ニワトリたちのほうを見た。

「ニワトリだって、鳴《な》き声《ごえ》でも表情《ひょうじょう》でも行動《こうどう》でも、気もちを伝えようと努力してるんだよ」

それから、ひらりと手をふる。

「だからサトシは、ニワトリがたすけてほしいってわかったんじゃないのかい？」

「それは、なんとなく。ネコがいたから、夢中《むちゅう》で」

「それだけわかればじゅうぶんだ」

キワさんは、にっこりとわらった。

「だいじょうぶ。サトシならできるさ。なんたって、ニワトリと家族《かぞく》になれるくらいだからね」

ふわっふわっと、足首にニワトリの羽《はね》がふれる。ぼくの足すれすれのところを、ニワトリたちは平気な顔でいきかっている。

左足の先には、よりそうようにビートが立っていた。くりっとしたまるい目をこちらへ上げて。

……家族《かぞく》、か。

ぼくは、ふっとわらいかけた。

「ごめんくださーい」

家のほうで声がした。

「あっ、父さん……」

「はいはーい。こっちだよー」

キワさんがこたえると、

「失礼《しつれい》します」

母さんの声も続《つづ》く。

思わず首をすくめたら、ビートがまた、つんと足首をつついてきた。がんばれっていわれた気がして、ぼくは体に力を入れた。

キワさんとニワトリ小屋《ごや》をでると、父さんたちがかけよってきた。

「サトシ！」

母さんは、ぐっとぼくをだきよせた。

からみついたうでは、じ

めっとしていて暑《あつ》い。

だけど、いやではなかった。

「ごめいわくおかけしました。サトシの父です」

父さんが頭をさげる。

「あっ、母です」

母さんもあわてて続《つづ》く。

キワさんは、ゆったりと首をふった。

「いいや、とんでもない。サトシが毎日手伝《てつだ》いにきてくれて、みんなよろこんでるからね」

父さんは、おどろいて目をぱちぱちさせている。

「……そうだったんですか」

なんとか声がでたって感《かん》じで、母さんはつぶやいた。

キワさんが、ぽんっと手をたたいた。

「そうそう、キュウリをとろうと思ってたんだよ」

みんなで庭《にわ》へでると、あのハサミをもってきた。

「サトシ、手伝《てつだ》っとくれ」

そういわれて、いっしょに畑《はたけ》へ入った。

「これがいいかねえ」とキュウリをつかむと、キワさんがぼくの手にハサミをのせた。

父さんたちは、畑の外からじっとこっちを見ている。

ハサミの刃《は》をゆっくりとひらく。

くっと息《いき》をとめた。

パチン。

「できた……」

「サトシはもういちにん前だ」

キワさんはにやっとわらうと、となりのうねからトウモロコシとトマトもとってきて、ぼくのうでにもたせてくれた。

「またおいで　家族《かぞく》みんなで　まってるよ」

そういってからてれくさそうに首すじをかく。

「あたしゃ、まだまだだね」

俳句《はいく》!?

コッコッと、ニワトリの鳴《な》く声が風にのって流《なが》れてくる。

みんな、ぼくをまっててくれるんだ。

「また、ぜったいくるから!」

ぼくは、ビートたちまできこえるように、大きな声でいった。

「サトシ、ごめんな」

車にのると、父さんがいった。

「ごめんね」

母さんもいった。

「ぼくも……ごめんなさい」

ゆっくり、ぼくもそういった。

車がしずかに走りだす。

太陽《たいよう》が、ゆっくりと西の空へ落《お》ちていく。

かすみだした風間山《かざまやま》を見ていると、そのむこうの空が、いっしゅんピカッと光った。そのあたりだけ、こい黒い雲におおわれている。

あの下は、きっと夕立《ゆうだち》だな。

そう思って、どきっとした。

「だいじょうぶかな」

かみなりが苦手《にがて》なニワトリもいるって、いってたもんな。

「どうしたんだ?」と、父さんがふりかえった。

「かみなりをこわがるニワトリもいるんだよ」

ぼくは、またピカッと光った空をにらんだ。

そんなぼくをちょっとおどろいたように見て、

「だいじょうぶ。あの雲はこっちには流《なが》れてこないよ」

父さんは安心《あんしん》させるようにそういった。

今夜、父さんたちは徹夜《てつや》になるので、ぼくもアサヒにとまることになった。

店のうらに車がつくころには、空から黒い雲はすっかりきえていた。

車からおりたところへ、

「サトシ、いたんだ！」

大きな声がとんできた。

「よかった。見つかったんですね」

商店街《しょうてんがい》の通りを、颯太《そうた》と颯太の父さんが走ってくる。

「すみません。いま見つかって。颯太君《くん》にきいた通り、河原町《かわらまち》のほうにいました」

父さんと母さんが頭をさげている。

そっか、颯太《そうた》にきいたのか。

「見つかったならよかった」

颯太の父さんが、ひたいの汗《あせ》をきゅっとぬぐった。

ふたりもぼくをさがしてくれてたんだ。

「ごめんなさい」

ぼくは、頭をさげた。

父さんたちと颯太の父さんは、シャッターをあけると店へ入った。

だけど颯太は、店先で立ちどまった。

「あのさ」とつぶやいて、でも続《つづ》きをまよっているみたいに口ごもる。

ふと、鼻先《はなさき》を葉《は》っぱのにおいがかすめた。

さっきまでだいていた、キワさんちの野菜《やさい》のにおいだ。

そう思ったら、ぐっと体に力がわいてきた。

「颯太《そうた》はこの夏、サッカーをがんばるんだよね。ぼくはさ」

まっすぐに颯太を見る。

「キワさんちで、畑《はたけ》もビートたちの世話《せわ》も、まだまだがんばるよ」

ようやくすずしくなりだした風が、ぼくらをとりまいて、ぬけていく。

「そっか」

颯太がくっとわらった。

「おたがいがんばろうぜ！」

「うん！」

ぼくもくっとわらった。

9 アサヒ

「……あれ、ここ……」

ジュジュッとにぎやかな音がする。目をこすりながらおきあがると、おくの間《ま》だった。

きのうの夜、颯太《そうた》たちを見送《みおく》ったあと、そのままここでねてしまったようだ。

「サトシ、おはよう」

からあげをあげていた母さんが、ふりかえった。

「たきこみごはん、あがったよ」

もわもわ立ちのぼる湯気《ゆげ》のむこうに、父さんの顔も見えかくれしている。

厨房《ちゅうぼう》についた窓《まど》の外はうす暗《ぐら》かった。

「父さんたち、ねたの？　外、まだ暗《くら》いよ」

ぼんやり明るいから、明け方なんだろうけど。

「ああ、さっきねたよ。さっ、たきこみごはんとからあげをつめちゃえば、予約《よやく》の弁当《べんとう》は完成《かんせい》だぞ」

父さんは、ねむ気をおいはらうようにぐっとひとつのびをした。

「あっ、ぼくも手伝《てつだ》うよ」

ぼくは店のエプロンをしめると、流《なが》しで顔をあらった。冷《つめ》たい水に目がさめた。

サラダとつけ物《もの》が入り、からあげとごはんがつまるのをまつ弁当箱《ばこ》が、台の上にならんでいた。

サラダのわきにドレッシングをそえていく。

すると父さんが、おくの間《ま》から三角巾《さんかくきん》をだしてきて、ぼくの頭にくるりとまいてくれた。

「やってみるか」

「えっ、いいの？」

さしだされたしゃもじを、まじまじと見つめる。

手伝《てつだ》いといっても、弁当箱《べんとうばこ》のふたをしめたり、はしをそえたり、かんたんなことだけで、お弁当のごはんをつめたことはまだ一度《ど》もなかった。

「ゆっくり、ていねいに、だぞ。ごはんのつぶをつぶさないようにやさしくな」

最初《さいしょ》は手をそえてくれた。

とちゅうからひとりでやりだすと、だんだんうでがしびれてきた。

それでも最後までごはんをつめ、空になった大きなお釜《かま》を流《なが》しへ運《はこ》んでいると、「えっ」と母さんが手を止めた。

「重《おも》いのに、ひとりでだいじょうぶ？」

「うん、平気《へいき》だよ」

あのスイカにくらべたら、どうってことない。

母さんはぼくをまじまじと見て、それから、ぽつりとつぶやいた。

「ずいぶんたくましくなったのね……」

自分のうでを見ると、すっかり日焼《ひや》けしたうでは、前より少し太くなったみたいだ。

「キワさんのところで、いろいろ手伝《てつだ》ってるからさ」

ちょっとてれくさくなって、ぼくはへへっとわらった。

カラカラカラッ……。

父さんが、店のシャッターをあけた。

すずしい風といっしょに、

「アキちゃん、サトシ、パワーの源《みなもと》がでるぞ！」

うれしそうな声も流《なが》れこんでくる。

パワーの源《みなもと》？　なんかきいたことあることばだな……。

母さんといっしょに通りへでると、

「くるぞ！」

父さんが空を指《ゆび》さした。

商店街《しょうてんがい》の通りの先、駅《えき》とは逆《ぎゃく》の住宅地《じゅうたくち》のほう。

家々の屋根《やね》の上に、どーんと空が広がっている。うす青い空には、黄色い光がとけこんでいる。

カッと、空がわれた。

「あっ！」

いきおいよくさしこんだ金色の光は、ぶわっと大きくふくらんだ。

「ぴかぴか……」

町も、通りも、それからぼくも。

「すごいだろ」

わらった父さんの顔も、ぴかっと光っている。

「やっぱり朝日ね」

「ああ、さすが朝日だ」

母さんと父さんは店を見上げた。のきの上にかかげた〈弁当屋《べんとうや》アサヒ〉の看板《かんばん》が、これでもかってくらいきらめいている。

……そういえば、

「朝日は、パワーの源《みなもと》なんだよね」

ぼくは思いだした。弁当屋をはじめるとき、アサヒって名前は最初《さいしょ》からきまっていた。「なんでアサヒなの？」ときいたら、「朝日はパワーの源だからだ」って、父さんがおしえてくれたんだ。

「ああ、うちの店の名前にぴったりだろ」

父さんは得意《とくい》そうだ。

「でもさ、弁当屋《べんとうや》タイヨウでもいいのにって思ってたんだ。だけど、朝日と太陽《たいよう》は全然《ぜんぜん》ちがうね。朝日のほうが、パワーたっぷりって感《かん》じ」

キラキラぴかぴか光ってて、燃《も》えるようにゆらめいているせいか、なんだかやわらかそう。

その明るい光に包《つつ》まれると、体がほわっとあたたかくなる。

この感じ、何かに似《に》てる。なんだっけ？

ぼくはもう一度《ど》、朝日へ目をこらした。

すると、母さんがいった。

「でもうちは、アサヒじゃないとだめだったのよ」

「なんで？」

「まだ気づいてないな」

父さんは、看板《かんばん》を指《ゆび》さした。

「アは、アキちゃんのアだろ。ヒは、父さんの、ヒロシのヒなんだ」

弁当屋アサヒ

「じゃあ……」

サは？　ってきこうとして、あっと思った。

「ぼくのサだ！」

ア・サ・ヒ。

「だからアサヒだったんだ」

おしよせてくる金色の光が、ひときわ明るくキラッとかがやいた。

そのまぶしさにそっと目を細め、ぼくはふわっとわらった。


お昼前まで店を手伝《てつだ》ってから、ぼくはキワさんちでもらった野菜《やさい》をもって家へ帰った。

むし暑《あつ》い部屋《へや》の空気をかきわけ、台所《だいどころ》へむかう。野菜をしまおうと冷《れい》蔵庫《ぞうこ》の前に立って、はっとした。

「そうだ、たまご！」

ぼくは、テーブルに野菜《やさい》をおくと、冷蔵庫《れいぞうこ》から一番大きなビートのたまごをとりだした。

両手《りょうて》でつつみこみ、まぼろしのたまご焼《や》きを思った。

黄金色《こがねいろ》にかがやいていて、やわらかくて、ほわっとあたたかかったよな。

「そっか、たまご焼きだ！　朝日はたまご焼きと同じなんだ！」

金色の光をはなつ朝日と、黄金色のたまご焼きが重《かさ》なった。

「アサヒのお祝《いわ》いには、やっぱりたまご焼きがぴったりだ！」

カサッと、うしろで音がした。

ふりかえると、テーブルの上の野菜が、つやっとその実《み》をかがやかせていた。

赤、黄色、緑色《みどりいろ》。

きれいないろどりだ。

そこで、ぱっとひらめいた。

どうせたまご焼《や》きを作るなら、

「弁当屋《べんとうや》アサヒのお祝《いわ》いなんだし、まぼろしのたまご焼きにサラダとごはんもつめて、お弁当にしよう！」

夜八時。

そろそろ父さんたちが帰ってくる。

白い発泡《はっぽう》スチロールのお弁当箱《ばこ》に、ぼくはたきたてのごはんをつめる。

「やさしく、ていねいに」

湯気《ゆげ》をあげる米つぶが、ふんわりほわっと重《かさ》なりあった。

つぎに、キワさんの家でもらったトウモロコシにラップをまいてレンジであたため、手の中でころがしながら実《み》だけはずした。それにさいころ型《がた》に切ったトマトとキュウリをくわえ、ドレッシングであえればサラダの完成《かんせい》だ。

お弁当箱《べんとうばこ》へ入れてみる。

「いろどりもばっちり！」

メインのたまご焼《や》きは火を使《つか》うので、父さんたちが帰ってからだ。

一度《ど》、お弁当箱のふたをしめた。

チャイムが鳴《な》ると、ぼくはげんかんへ直行した。

「弁当屋《べんとうや》アサヒへようこそ！」

広げた手を、リビングのほうへ動《うご》かす。

「きょうはぼくが、お弁当を作るから」

「おっ、楽しみだな」

父さんはうれしそうにほほえんだ。

「なにがいただけるのかしら」

母さんもにこにこ顔でついてくる。

ぼくは、冷蔵庫《れいぞうこ》からたまごをとりだした。

ビートのたまごをにぎると、ずしんとした重《おも》みといっしょに、うみたてのときのあたたかさがよみがえって、てのひらに伝《つた》わってくる気がした。

「そのたまご、ずいぶん大きいのね」

母さんもいっしょにたまごをのぞいていた。

「これは、ビートのたまごなんだ」

ぼくはいった。

「ビートはキワさんちのニワトリなんだけど、ほかのニワトリより体は小さいのに、たまごは一番大きくてさ」

小屋《こや》のそうじをしていたらついてき

たこと、最初《さいしょ》はこわかったこと、ジャンプするくせを見つけたこと、ようやくさわれるようになってさわってみたら毛がやわらかかったこと……。

話しだしたらとまらない。

「ビートはぼくのいうことがわかるみたいでさ、たのんだら、ハートの日にたまごを生んでくれたんだ。キワさんに、ぼくとビートはもう家族《かぞく》だっていわれたんだよ」

声ははずんでいた。

だまってきいていた父さんたちは、

「夕立《ゆうだち》がこないか、ニワトリのことを心配《しんぱい》してたもんな」

「サトシは、キワさんのところでいろいろやらせてもらったのね」

そういってしずかにうなずいた。

「いつのまにか、おとなびて、ひきしまった顔になったな」

父さんが、「ほらっ」と窓《まど》のほうを指《ゆび》さした。

部屋《へや》の電気を鏡《かがみ》のようにははねかえす窓ガラスに、ぼくの顔が映《うつ》っていた。

ふたつの目は、キラキラと楽しそうにかがやいている。

「とくべつな顔だ……」

ぼくは、じっとその顔を見つめた。

そのとき、キワさんにいわれたことばが頭にうかんだ。

「自分の気もちを伝《つた》えようと、努力《どりょく》したんかい？」

小さく息《いき》をすいこんだ。

それから、そっと口をひらいた。

「お弁当《べんとう》の話をするとき、父さんたち、いつもすごく楽しそうでさ。だからぼくも、父さんたちみたいになりたいって、そんな顔になりたいって、ずっと思ってたんだ」

ゲコゲコと、ベランダのほうから土手で鳴《な》くカエルの声がひびいてくる。

しばらく、部屋《へや》はその声につつまれた。

「いま、サトシも、すごくいい顔してるぞ」

父さんの手がやさしく肩《かた》にのった。

「キワさんやビートのことを考えると、わくわくするんだ」

想像《そうぞう》しただけで、勝手《かって》にほおが上がってくる。

母さんは、すっと鼻《はな》をすすってからほほえんだ。

「大切なものを見つけたのね」

大切なもの。

胸《むね》の真《ま》ん中《なか》が、ぽっと熱《あつ》くなった。

ぼくは、しずかな部屋《へや》の空気をふーっとふきはらった。それから、ゆっくりと手を動《うご》かしだした。

三つのたまごをていねいにボウルにわり入れ、塩《しお》と砂糖《さとう》をくわえてかきまぜる。

火にかけたフライパンへたまごを流《なが》しこむとき、

「いっきに、いきおいよく、自信《じしん》をもって」

そうとなえると、くっと胸《むね》があがり、いい感《かん》じに肩《かた》の力がぬけた。

黄金色《こがねいろ》に焼《や》き上がったたまご焼きを三つに切り分け、お弁当箱《べんとうばこ》につめる。

「ようやくもらったキワさんちのまぼろしのたまごの、たまご焼きだよ」

テーブルに三つお弁当箱《べんとうばこ》をならべた。

「おいしそうだな」とつぶやいた父さんは、

「サトシが世話《せわ》したニワトリのたまごだもの、あたりまえか」

しみじみといった。

「きれいなたまご焼《や》きね。お弁当も、よくできてるわ」

母さんは、しばらくじっと見とれていた。

それから、「せっかくビートがサトシの思いにこたえてたまごをくれたのに、きのうはほんとうにごめんね」とあやまった。父さんもいっしょに頭をさげた。

なんだか鼻《はな》のおくがいたくなってきそうで、ぼくはあわてて首をふると、

「食べてみて。すごくおいしいから」

そっとお弁当箱《べんとうばこ》をおした。

父さんたちはたまご焼《や》きを口へ入れ、ゆっくりもぐもぐかんで、しずかにごくんと飲《の》みこんだ。

「おいしいな」

「ええ、ほんとに」

ふわっとふたりが笑顔《えがお》になる。

ぼくもふわっとほほえんで、お弁当へ顔をよせた。

「たまご焼きってさ、ぴかぴか光ってて、ほわっとあたたかくて、朝日といっしょだよね」

「ほんとだな。朝日につつまれたときのほわっとあたたかい感《かん》じが、たまご焼きを食べたときとよく似《に》てる」

うなずく父さんのとなりで、母さんがうっとりと目を細める。

「これは、朝日の……アサヒのお弁当ね」

みんなの見つめる先で、たまご焼《や》きは、キラリと明るくかがやいていた。

カーテンのすきまに見える空は、まだうす青い。それでもがばっとおきあがり、バシャバシャ顔をあらって台所《だいどころ》へ直行する。

「母さん、おはよ」

母さんは、とんとんとキュウリをきざんでいた。

「おはよう。きょうもがんばるのね」

「もっちろん。もっとたまご焼き作りがうまくなりたいからさ」

いつかまたまぼろしのたまごをもらったときのために、ぼくはたまご焼き作りを練習《れんしゅう》することに決めた。今度は、うみたてのたまごでたまご焼きを作る約束《やくそく》なんだ。

ふふっとわらう母さんのとなりにならび、ぼくもふふっとわらう。

そのとき、窓《まど》からさっと光がさしこんだ。

「あっ、ちょっと見てくるね」

急《いそ》いでベランダへでると、見わたすかぎり金色の光でいっぱいだった。

土手の道も、遠くに見える風間山《かざまやま》も、キラキラとかがやいている。

「あのあたりがキワさんちだな」

光のつぶに目をこらす。

「キワさん、もうおきてるかな？　ビートは……おきてるよな」

このごろビートは、ぼくを見つけるとジャンプしながらつっこんでくる。ほかのニワトリまで、ときどきまねをする。

「きょうもいくからな」

そちらへくっとほほえんでから、ゆっくりと空をあおいだ。

空は明るい光をすいこみ、さっきよりも青くすんでいる。

夏休みは、まだ半分ある。

「よーし、はりきってこー!」
青空をつかむように、ぼくはぐいっとのびあがった。

あとがき

宇《う》佐《さ》美《み》牧《まき》子《こ》

みんなは、時間《じかん》を忘《わす》れてしまうほど夢中《むちゅう》になれるもの、ってありますか？

ダンスでも、絵《え》を描《か》くことでも、お菓子《かし》作りでも、夢中《むちゅう》になれるものを持《も》っている人《ひと》って、キラキラ輝《かがや》いていてすてきですよね。

私《わたし》はこどものころ、そういうものが見つからなくて、もし見つけることができたら、きっと毎日がもっとときめいてわくわくするんだろうな、と思っていました。

大人になって、私はようやく、夢中になれるものを見つけました。

物語を書くことです。

そう簡単《かんたん》に楽しい物語を書きあげることはできないし、めげそうになることもあるけれど、いつも新しい発見や学びがあって、こうして新しい物語が完成すれば、やっぱりとくべつすてきな気持ちになります。

主人公のサトシは、まだ自分が夢中になれるものを見つけていません。

だから、弁当屋《べんとうや》をする両親や、サッカーに夢中《むちゅう》な颯太《そうた》を見ると、おいていかれるような不安《ふあん》な気持ちになります。もしかしたらみんなの中にも、同じような気持《きも》ちでいる子がいるかもしれませんね。

そんな子へ、私から、夢中になれるものを見つけるとっておきの方法を教えます！

それは、おもしろそうだと思ったらチャレンジすること！

私もいろいろやりました。バトン、剣道《けんどう》、テニス、バスケットボールにフルート、それから尺八《しゃくはち》なんかも吹《ふ》いてみました。

今からチャレンジし続《つづ》ければ、きっと、これだ！ってものに必ず出会えます。出会えるまで探《さが》せばいいんです！

私も、またみんなに新しい物語を届《とど》けられるまで、せっせと書き続けます。

最後《さいご》に、温《あたた》かい挿絵《さしえ》をつけてくださった藤原ヒロコ先生、いつも励《はげ》まし応援《おうえん》してくれるポプラ社の編集者《へんしゅうしゃ》さんと私のまわりの人たち、読者のみなさんへ、どうもありがとうございました。

作　宇佐美牧子
長野県生まれ。現在、小学校の非常勤教員をしている。作品に「合い言葉はかぶとむし」（ポプラ社）「星おとし」（文研出版）「ときめき団地の夏祭り」（くもん出版）など。子育てと仕事を通して、創作のパワーをもらっている。

絵　藤原ヒロコ
大阪府生まれ。武蔵野美術大学視覚伝達デザイン学科卒業。「まいごのアローおうちにかえる」（佼成出版社）「サイアク！」（PHP 研究所）など、児童書の挿し絵で活躍中のイラストレーター。

ポプラ物語館 73

キワさんのたまご

2017 年 8 月　第 1 刷
作・宇佐美牧子　絵・藤原ヒロコ
発行者・長谷川 均
編集・田中絵里
デザイン・楢原直子
発行所・株式会社ポプラ社
〒 160-8565　東京都新宿区大京町 22-1
振替　00140-3-149271
電話（編集）03-3357-2216　（営業）03-3357-2212
ホームページ www.poplar.co.jp
印刷　中央精版印刷株式会社
製本　株式会社ブックアート

ISBN978-4-591-15517-2　N.D.C.913/167P/21cm　Printed in Japan

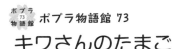